JN110201

心霊探偵八雲

いつわりの樹　ILLUSTRATED EDITION

神永 学

イラスト／鈴木康士

角川文庫
23414

一

　その神社の境内には、一本の杉の木がある。

　樹齢千年を超えるその木には、ある伝説があった。

　昔、武家の男と恋に落ちた商人の娘がいた。

　婚姻に反対された二人は、この木の前で待ち合わせ、駆け落ちをすることになっていた。だ

が、男は来なかった――。

　満月の夜、二人はこの木の前で待ち合わせ、駆け落ちをすることになっていた。だ

　武家の男には、妻がいた。ただの遊びだったのだ。

　女は、それでも待った。三日三晩待ったあと、木の枝に縄をかけ首を吊って死んだ。

　ほどなくして、武家の男は、原因不明の病でこの世を去った。

　以来、この木の前で嘘をつくと、呪われるという噂がたつようになった。

　人は、その杉の木を、「いつわりの樹」と呼んだ――。

石井雄太郎は、神社へと続く石段を登っていた。神社にたどりついたときには、もう汗びっしょりになっていた。

この石段は、九十九段ある。

階段のすぐ脇に、大きな杉の木が聳え立っていた。

「よりにもよって……」

石井は、呟くように言ってから、玉砂利の境内に足を踏み入れた。

夜の十時を回ったところだ。普通なら、静まり返っているはずのこの場所だが、今は屋外照明に照らされ、祭りのような人だかりができていた。

そのほとんどが、石井と同じ警察の人間だ。

「石井！」

叫ぶ声に反応して顔を上げると、朱塗りの社のところにいる後藤和利の姿が目に入った。

後藤は、石井の上司でもある。声も態度も人一倍大きく、かなりの激情家だ。もたもたしていては、また叱られる。

「は、はい！」

石井は、勢いよく駆け出したが、すぐにつまずいて転んだ。

立ち上がり、後藤のもとに到着するやいなや「何やってんだ」と頭をひっぱたかれた。

「す、すみません……」

石井は、ズレたメガネの位置を直しながら言う。

「まったく……」

「殺し……ですか？」

石井は、おそるおそる後藤に訊ねた。

「ああ。遺体が発見されたのは、午後九時頃……偶然通りかかった近所の住人から通報があった。被害者は二十代後半から三十代の男。身許は、まだ判明してない」

後藤が、早口に説明する。

「凶器は、何だったんですか？」

「近くに、血の付いた果物ナイフが落ちてた。おそらくそれだな」

「そうですか……」

「お前も遺体を確認しとけ」

後藤が、視線を向ける。その先には、シートをかけられた遺体が横たわっていた。

「いや、私は大丈夫です」

「は?」

「いえ、その、死体はちょっと……」

「おれたちは、殺人事件の捜査をしてんだ！　死体を見なくてどうする！　このボケが！」

「す、すみません」

　振り上げた後藤の拳から逃げるように、遺体に駆け寄った石井は、喉を鳴らして息を呑んだ。

　警察に入ってから五年が経つ。だが、未だに慣れない。怖いのだ。

　何が——と問われると説明できないが、激しく脈打つ鼓動を抑えることができないでいた。

　だが、後藤の言う通り、刑事である以上、逃げ出すわけにもいかない。石井は、ゆっくりと首を伸ばして遺体を覗き見る。

　腹と胸に血痕が付着していた。とくに、胸の部分の傷は、かなり深そうだった。おそらく、あれが致命傷だろう。

「酷い……」

　石井は、思わず顔を背けた。

　大きく深呼吸をして、遺体の顔を見た。その瞬間、石井の脳裏に、ある記憶がフラッシュバックする。

十年前のあの日の記憶——。

「まさか……こんな……」

石井は、一気に血の気が引き、思わず後退りする。

「どうした？」

「ひっ」

後藤に声をかけられ、思わず飛び上がった。説明したいのだが、思うように言葉が出てこない。

「死体くらいで、びびるな」

後藤が、ドンと石井の背中を叩く。

「ち、違います……わ、わ、私は……」

「何だよ。はっきりしろ」

「私、この人を知ってます」

ようやく、その言葉が出た。

「何だと？」

後藤の表情が、一気に険しくなった。

「名前は、望月利樹。年齢は二十七歳です」

石井は必死の思いで、ようやくそれだけ言うことができた。

それを受けた後藤は、表情を急変させた。

「お前か？」

「え？」

「お前がやったのか！」

後藤は石井の胸ぐらを摑み上げ、激しく揺さぶる。息が詰まる。

「ち、違います」

「何が違うんだ？　吐け！　吐いちまえ！」

一度感情が爆発した後藤は、歯止めが利かなくなる。

「ほ、本当に違うんです！　彼は、同級生なんです！　高校時代の！」

石井が必死の思いで叫ぶと、ようやく後藤が手を離した。

「それは、本当か？」

「はい。まさか、こんなことになってるとは……」

石井は、改めて遺体に目を向ける。

望月利樹――石井にとっては、忘れたくても忘れることのできない男だ。今でも、あのときのことを思い返すと、腹の底に怒りがこみ上げてくる。

ぬらぬらとした、黒く歪んだ思い――。

「利樹さん！」

女が叫んだ。

目を向けると、人混みをかき分け、必死の形相で走って来る女性の姿が見えた。

「彼女は……」

石井の胸に、とてつもなく嫌な予感が広がっていった。

二

石井の視線の先には、一人の女性の姿があった。

年齢は、二十代半ばだろうか——はっきりとした顔立ちの美人だった。

「利樹さん！　どうして！」

その女性は、叫び声を上げながら遺体に駆け寄って来て、すがりつこうとする。

「落ち着け」

後藤が、すかさず彼女を遺体から引き剝がしたものの激しく嗚咽し、へなへなとその場に座り込んでしまった。

「お前は、誰だ？」

後藤が、女性に詰め寄る。

彼女は肩を震わせながら涙をこぼすばかりで、返事もできない状態だった。

「質問に答えろ！」

後藤は、苛立ちを露わにしてさらに彼女に詰め寄る。

そんな聞き方をしては、話すものも話せなくなってしまう。石井は、後藤と女性の間に割って入った。

後藤は、石井が出しゃばったことが気に入らない様子だったが、特に何も言わなかった。

「あの、お名前を聞いてもいいですか？」

石井は、語りかけるように訊ねる。

だが、彼女は気持ちが落ち着かないらしく、何度もしゃくり上げていた。辛抱強く、女性が落ち着くのを待っていると、やがて顔を上げ、か細い声で言った。

「箕輪……優子です……」

石井は、ほっと胸を撫で下ろし、優子に手を貸す。彼女は、その手を借りて、どうにか立ち上がることができた。

「望月さんの知り合いですか？」

「はい……婚約者です……」

「そうでしたか……」

「ここに、何しに来た？」

　後藤が、会話に割って入ってきた。

　その目には、はっきりと疑念が浮かんでいた。だが、石井には、後藤がそう思う理由が分からない。

「誰かが、連絡したんじゃないんですか？」

「身許が分かったのは、たった今だ」

「あ、そうか！」

　石井は、後藤の疑念の理由を理解した。

　彼女はなぜ、婚約者がこの場所で死んでいると知っていたのか？

「答えろ。なぜ、この場所に来た？」

　後藤が睨み付けるように優子を見る。

　優子は、驚いたように一歩後退り、厚みのある下唇を噛んだ。

　何かを知っている——そんな感じだった。

「もしかして、知っていたんですか？」

　石井は、優子に訊ねる。優子は逃れるように、長い睫を伏せた。

「質問に答えろ」

　後藤が、退路を塞ぐように優子の背後に回った。

　石井と後藤にサンドイッチのように挟まれ、観念したのか、大きく首を左右に振っ

　たあと、優子が口を開いた。

「一緒にいたんです……」

「どういうことだ?」

　後藤が言う。

「今日、利樹さんと一緒に、この場所に来たんです」

「何時頃ですか?」

　石井は、メモをとりながら訊ねる。

「たぶん、七時頃だと思います」

「それで?」

「いろいろ、話をしていました」

「なんで、わざわざ神社まで来たんだ?」

　後藤が、煙草に火を点けながら訊ねる。

　石井もそのことは疑問に思った。学生のカップルじゃあるまいし、わざわざ高台の神社でデートというのも不自然だ。

「この樹には、伝説があるんです」

「嘘をついたら、呪われるって、あれですか?」

　石井も、その話は、聞いたことがある。

「ええ。それで、ちょっと意地悪をしたんです。この樹の前で、愛を誓って欲しいっ

て……それが、あんなことになるなんて……」

優子の目から、再び涙がこぼれだした。

「大丈夫ですか？」

石井が声をかけると、大きく頷いてから、優子は再び語り出した。

「そこに、男が現れたんです。それから、いきなりナイフを出して……」

優子が喋ることができたのは、そこまでだった。

胸をかきむしるようにして、声を上げて泣き始めた。

後藤は、同情したように、ポンポンと彼女の肩を叩いた。だが、石井の心の中には、

いい知れない違和感が渦巻いていた。

——何かがおかしい。

その答えは、すぐに見つかった。

「優子さん。事件があったのは、七時頃でしたよね」

優子は、大きく頷いた。

「犯行時刻から、すでに三時間が経過しています。あなたは、今まで何をしていたん

ですか？」

石井の質問に、優子の表情が凍りついた。さっきまで溢れていた涙が、一気に引い

ていく。

優子の話が真実なら、彼女は婚約者が刺されたあと、それを放置して一度現場を離れ、三時間後って戻ったということになる。

後藤が優子の腕を摑んだ。

「どういうことか、説明してもらおうじゃねぇか」

優子は、怯えたように視線を漂わせる。不意に何かに気付いたらしく「あ!」と声を上げた。

石井は、それにつられてヤジ馬の群れに目を向ける。

「あの男です! 利樹さんを襲ったのは、あの男です!」

優子が、一人の男を指差した。

その先にいたのは、黒いダウンジャケットを着て、ニット帽をかぶった四十代くらいの男だった。

男は、「クソッ!」と吐き捨てるように言うと、踵を返して走り出した。

「待て!」

石井が声を上げたときには、もう後藤が走り出していた。

瞬く間に男に追いつき、後ろからタックルをしてその場に組み伏せる。さすがの早業だ。

「この人に間違いないです。この人が、利樹さんを刺したんです」

優子が、倒れた男に駆け寄り、必死に訴えた。

「お前、裏切る気か？」

組み伏せられた男は、優子を睨みながらそう言った。

、

三

小沢晴香は、大学のB棟の裏手にあるプレハブの建物を目指していた。

斉藤八雲に会うためだ。

八雲との出会いは、晴香の友人が幽霊にとり憑かれ、相談に行ったのがきっかけだった。

そのとき、八雲は友人を助けただけでなく、殺人事件を解決にまで導いた。それ以来、いろいろな事件を経験してきた。

最近は、事件がなくても、八雲のところに出入りするようになっていた。

やがて、二階建てのプレハブが見えてきた。大学が、サークルの拠点として貸し出しているものだ。

晴香は《映画研究同好会》と書かれたドアの前に立つ。

だが《映画研究同好会》は存在しない。八雲が大学側に適当に書類申請をし、この部屋を私物化し、文字通り住んでいる。

「やあ」

晴香は、ドアを開けて部屋を覗いた。

いつもなら、正面にある椅子にふんぞり返って座っている八雲の姿がなかった。どうやら不在のようだ。カギもかけないとは不用心もいいところだ。

「肝心なときにいないんだから。どこで、何やってんだか……」

「教室で、授業を受けていたに決まってるだろ」

独り言のつもりだったのに、返答があった。驚いて振り返ると、そこに八雲が立っていた。

いつものように寝ぼけ眼で、寝グセだらけの髪を、ガリガリとかいて大あくび。

「びっくりさせないでよ」

晴香は、八雲に抗議する。

「後ろめたいことがあるから、驚くんだ」

八雲は、ため息交じりに言うと、いつもの椅子に座った。

「どうせ、私が悪いですよ」

「分かってるじゃないか」

八雲は、皮肉交じりに言うと、再びあくびをして左眼をこすった。

普段は、黒い色のコンタクトレンズで隠しているが、八雲の左眼は生まれつき赤い。

そして、その左眼は死者の魂――つまり幽霊を見ることができる。晴香の友人が巻きこまれた事件のときも、八雲のその左眼があったからこそ、解決に導くことができた。

だが、八雲は自分の赤い左眼を嫌っている。

八雲は母子家庭で育った。そして、幼い頃に実の母親に殺されかけた。それが、自分の赤い左眼のせいだと思っている。

彼が、他人に対して壁を作るのも、そういう事情があるからだと、晴香は最近分かってきた。

「それで、何の用だ？」

八雲が、いかにも面倒臭そうに髪をガリガリとかきながら言う。

――そうだった。

「忘れるところだった」

晴香は、八雲の向かいの椅子に座った。

「思い出さなくていい」

八雲がすかさず言う。

「何それ」

「どうせ、トラブルだろ」

「私＝トラブルだと思わないで」

「じゃあ何だ？」

勢い余って反論したものの、実際のところは図星だった。

八雲は、そんなことは、全てお見通しといった感じで「ほらな」と手を振ってみせる。

悔しくて文句を言い返してやりたいところだが、それでヘソを曲げられては、元も子もない。

「話だけでも聞いて」

晴香は、懇願する。

「断る」

即答だった。本当にこの人は――腹立たしくはあるが、ここは我慢。

「ね、お願い」

「だいたい、君はどうしてそうトラブルばかり拾って来るんだ。そんなものは、ゴミ箱にでも捨てておけ」

「だって、困ってるのに、放っておけないじゃない」

「お人好しというよりバカだな」

――バカって。

酷く言われようだ。だが、頼んでいるのはこちらなので、強気にも出られない。

「ね、お願い」

手を合わせ、上目遣いにお願いのポーズ。

八雲は顔を引き攣らせて晴香を見下ろす。

「気持ち悪い」

──おいおい。

「女性に対して、失礼だと思わない?」

「思ってたら言わない」

──もう我慢の限界。

「もういい。頼まないから」

晴香は、カバンを持って立ちあがった。

こっちが下手に出ていれば、言いたい放題。もう知らない。

「この前の借りもある。話だけ聞いてやるよ」

部屋を出て行こうとしたところで、八雲が言った。

「本当?」

晴香は、急いで座り直す。

「聞くだけだぞ」

「で、何があった?」

「うん」

「実は、私の友だちの麻衣のことなんだけど、引っ越しをしてから、奇妙な声が聞こえるって悩んでるの」

「奇妙な声?」

八雲が、興味なさそうに頬杖をつく。

「うん。耳許で、『殺してやる』って囁くんだって……」

晴香は、最初にその話を聞いたとき、背筋がぞっとした。「殺す」という言葉は、悪意以外のなにものでもない。

さすがの八雲も、その言葉に反応したらしく顔をしかめた。

「情報は、それだけ?」

「私も、そんなに詳しくは聞いていないの」

「こんな曖昧な情報だけじゃ、調査もクソもない」

八雲は、大きく伸びをした。

晴香も八雲との付き合いは一年以上になる。こういう反応をすることは予測済みだ。

「そう言うと思って、呼んであるんだ」

「誰を?」

「麻衣」

「君は、どうしてそう勝手なことを……」

八雲の言葉を遮るように、ドアをノックする音がした。

四

ドアのノックの音に振り返ると、そこには木村麻衣が立っていた。

麻衣と同じ大学生だが、かなりの童顔でかわいらしく、一見すると高校生に見える。

晴香と同じ大学生だが、かなりの童顔でかわいらしく、一見すると高校生に見える。

麻衣がペコリと頭を下げる。

「こんにちは」

声をかけて立ちあがった晴香に対して、向かいに座る八雲は、露骨に嫌そうな顔を

した。

「あの……」

麻衣が困惑した表情を浮かべる。

「麻衣。座って」

晴香は、隣にある椅子に座るように促す。だが、麻衣は八雲を気にして座ろうとし

ない。この歓迎のされ方では、仕方ない。

「気にしないで、いつもこうなの」

晴香は、麻衣の手を引き、強引に座らせる。何はともあれ、話を聞いてもらわない

ことには始まらない。

「八雲君。話を聞いてくれるって言ったじゃない」

八雲は、返事をすることなく、腕組みをして目を細めると、品定めするように麻衣

に視線を送った。

麻衣は、射すくめられたように身体を固くする。

「君は、いつ、どういう状況で、その声を聞くようになった?」

八雲が、硬い口調で訊ねる。

晴香も麻衣に視線を向けた。麻衣から聞かされたのは、『殺してやる』という声が

聞こえるようになった――ということだけで、詳しい事情は知らない。

「昨日の夜からです……耳許で、『殺してやる』って女の人の声が聞こえて……」

麻衣の声は微かに震えていた。

そのときの恐怖を思い出したのだろう。

「それで?」

八雲が先を促す。

「ずっと、誰かに見られているような気がして……」

そこまで言って、麻衣はうっと声を詰まらせた。目に涙が浮かんでいる。

「大丈夫。大丈夫だから」

晴香は、麻衣の肩に手をかけた。

麻衣は「うん」と大きく頷いてから話を続ける。

「私、三ヶ月前に今のアパートに引っ越したんです。いわゆる訳あり物件らしいんですけど、そういうの信じてなかったから、家賃も安いしって思って。でも……」

その先は、言葉にならなかった。

麻衣は膝の上に置いた拳をぎゅっと握り、俯いてしまった。

「ねえ、どう思う?」

晴香が訊ねると、八雲は汚いものでも見るように表情を歪めた。

「どうもこうもない。嘘つきの相手をしてるほど、ぼくは暇じゃない」

八雲は、そう言って大きなあくびをした。

これだけ怖がっているのに、嘘つき呼ばわりとは酷い。

文句を言おうとした晴香だったが、それより先に麻衣が立ちあがった。

「私、嘘なんてついてません」

興奮した様子で麻衣が言う。

だが、それを見ても八雲は表情一つ変えなかった。

「いいや、ついてるね」

「本当に聞こえたんです！」

麻衣は、首を振りながら必死の形相で叫んだ。

「八雲君。麻衣は、嘘をつくような子じゃないよ。本当に、声が聞こえたんだよね」

晴香は堪（たま）らず口を挟んだ。

八雲は呆（あき）れたように、首を左右に振る。

「そうじゃない。君が、その訳あり物件に引っ越したのは、三ヶ月前なんだろ。で、女の声が聞こえたのは昨日。不自然じゃないか」

確かに八雲の言う通りだ。話の筋が通らないような気がする。

「それは……」

麻衣が口ごもる。

「それと、幽霊はアパートに出るんじゃない。君自身に憑（つ）いている」

八雲は、右手の人差し指を、真っ直ぐに麻衣に向けた。

――麻衣に憑いてる？

「どういうこと？」

晴香は、驚きとともに口にした。

「言葉のままだ。彼女には、今、女の霊がとり憑いている」

八雲は、表情一つ変えずに言った。

晴香も麻衣を見つめた。

その目に映るのは、麻衣の姿だけだ。だが、八雲は違う。

今は、黒いコンタクトレンズで隠しているが、八雲の左眼は生まれつき赤い。そして、死者の魂——つまり幽霊が見える。

麻衣は、何も言わずに、人形のようにそこに立っていた。

「君は、昨日、幽霊にとり憑かれるような何かをした。あるいは見たはずだ。違うか？」

八雲の問いかけに、麻衣は答えなかった。

正確には、口をパクパクと動かしはしたものの、言葉が出てこないといった感じだ。

「麻衣。何があったの？」

晴香は、麻衣の手を握った。

その手は、ぶるぶると小刻みに震えていた。怖いのだろう。晴香は、肌を通してそれを感じた。

「どうする？　話す気がないなら、今すぐ帰ってくれ」

八雲がドアを指差した。

「八雲君、待ってよ」

晴香は食ってかかる。

状況説明の段階で嘘があったかもしれないが、麻衣が不気味な声に怯えているのは

事実だ。

「隠し事をされた状態で、どうやって解決するんだ？」

「それは、そうだけど……」

八雲の言っていることは正論だ。故に反論する言葉が見つからない。

「……します」

しばらくの沈黙のあと、麻衣が顔を上げた。

何かを覚悟したような表情だった。

「私、話します。だから、助けて下さい」

麻衣の言葉に、八雲が頷いた。

　　　　　　五

「私、話します。だから、助けて下さい」

麻衣の訴えに、八雲は頷いた。

それを見て、晴香はほっとした。一時はどうなることかと思った。八雲の言う通り、

隠し事をされた状態では、麻衣を助けることはできない。

「それで、本当は何があったんだ？」

八雲が促す。

麻衣は席に着き、深呼吸をしてから話し始める。

「昨日の夜、あの神社に行ったんです」

「神社？」

晴香は首をひねる。神社といっても、いろいろある。

「大学の北側の丘にある……」

「ああ」

麻衣の説明で、晴香もどこだか理解できた。

大学の北。長い石段の先の小高い丘にある神社で、境内に大きな杉の木がある。直

接行ったことはないが、石段の下を通りかかったことはある。

「いつわりの樹があるところだな」

八雲が言うと、麻衣が頷いた。

「何それ？」

――いつわりの樹。

いかにも妖しげな名前だ。

「あの神社の境内にある杉の木の前で、嘘をつくと呪われる——そういう噂があるんだ」

説明したのは、八雲だった。

「それって、本当なの?」

「君は、救いようのないバカだな」

「何よそれ」

「バカだから、バカだと言ったんだ。きょうび、小学生でもそんな噂、信じないよ」

「どうせ、私はバカですよ」

晴香は頬を膨らませ、顔を背けた。

八雲は、いつもこうだ。指摘するにしても、もう少し言い方というものがあるだろうに。

「とにかく、そういう噂から、デートスポットになっているんだ」

八雲が、大口を開けてあくびをする。

「なんで? 恋人と行くなら、もっとロマンチックな場所があるのに……」

晴香には、それが分からなかった。

「見解の相違だ。いつわりの樹の前で、嘘をつくと呪われるんだ。相手の気持ちを確かめる。あるいは、将来の誓いを立てるのに、これほど適した場所はない」

——なるほど。

晴香は、合点がいったものの、怖いという感想を抱いた。呪いをかけようとしているみたいなものだ。

「君は、一人で神社に行ったわけじゃないだろ」

八雲が、目を細めて麻衣を見た。

「人と会う約束をしていました……」

麻衣の声は、何かにおびえたようにかすれていた。

「誰だ?」

「高校のときから、付き合っている彼です」

麻衣は、今にも泣き出しそうな顔をして、唇をかんだ。

「それで?」

八雲が興味なさそうに頬杖をつきながらも先を促す。

「私……その人と、あの樹の前で約束したんです。大学を卒業したら、結婚しようって。だけど……」

「他に好きな人ができた」

麻衣の言えなかった言葉を、八雲が代弁した。

「ちゃんと、謝らなきゃって思って、あの場所に呼び出したんです」

「だが、その人は現れなかった」

八雲の言葉に、麻衣が大きく頷いた。

会話の流れと表情だけで、その先を読んでしまう。八雲の洞察力には、いつも驚かされる。

麻衣の目から、ぽろっと涙がこぼれた。

悲しくて、苦しくて、どうしようもなかったのだろう。自分を責めて、誰にも言わずに一人で抱えていたのだ。

「大丈夫」

晴香は、麻衣の肩に触れた。

かすかに震えるその肩には、後悔という錘が乗っているようだった。

「それで、どうなった？」

八雲は、無表情に腕組みをする。

「本当は、待ち合わせの時間は三時だったんです。二時間待ったけど、彼は来なくて、一度は家に帰りました。電話したけどつながらなくて、もしかしたら、時間を間違えていて、神社にいるかもって思って……」

「もう一度神社に足を運んだというわけだ」

八雲の言葉に、麻衣が頷いた。

きっと、麻衣の彼は、呼び出された段階で、何を言われるか分かっていたのだろう。

だから、神社にも行かず、電話に出ることもなかった。

そして、麻衣は罪悪感から、最初、神社に行ったことを隠したのだ。

麻衣は、目を真っ赤にしながら、その先を話し始める。

「石段を登っているとき、声が聞こえたんです」

「声？」

「はい。誰かが言い争っているような声でした……」

「言い争う……ねぇ」

八雲が顎をさすりながら、視線を宙に漂わせる。

「それから、声が聞こえたんです。『殺してやる！』って……それで、私怖くなって

階段を引き返しました」

そのときの声が蘇ったのか、麻衣は腰を折って両手で耳をふさいだ。

晴香にも、麻衣の恐怖が伝わってきて、鼓動が速くなった。

「家に帰ったあとも、ずっと耳許であの声が聞こえるんです。『殺してやる！』……

って」

「なるほど」

八雲が、言いながらゆっくり立ち上がった。

「これって、いつわりの樹の呪いなんでしょうか……。私が約束を破ったから……」

　麻衣が、すがるような目で八雲を見る。

　八雲は、呆れたようにため息をつき、寝グセだらけの髪をガリガリとかいた。

「呪いが存在するとしたら、その正体は、君自身の罪悪感だ」

　それだけ言うと、八雲はドアを開けて部屋を出て行こうとする。

「どこ行くの？」

　まだ、何も解決していない。晴香は、慌てて声をかけた。

「取り敢えず、その神社に行って来る」

「私も行く」

「彼女を放っておいていいのか？」

　八雲が、うなだれている麻衣に目を向けた。

　彼の言う通りだ。麻衣を、このまま放ってはおけない。

「すぐに戻る」

　八雲は、そう言い残すと部屋を出て行った。

　後藤は、取調室の椅子にふんぞり返って煙草に火をつけた。

　後藤の所属する未解決事件特別捜査室は、刑事課の管轄にあり、名称は立派だが、その実態は捜査の残務処理と応援要員に過ぎない。

　後藤と石井二人だけの寂しい部署だ。

　今回の事件を担当することになったのも、近隣で起きた誘拐事件の捜査で刑事課は手一杯で動けなかったからに他ならない。

「面倒なことになりやがった……」

「え?」

　隣に座った石井が、すっとぼけた声を上げる。

「何でもねぇよ」

　後藤は、自分の言葉を打ち消した。

　容疑者のめども立っているし、楽な事件だと上は思っている。だが、後藤は想像以上に厄介な事件になるだろうと踏んでいた。

　被害者は、望月利樹。二十七歳。都内の法律事務所で働く弁護士だ。近く、独立して事務所を開くための準備を進めていたらしい。

　現場に居合わせたのは、婚約者の箕輪優子、二十五歳。総合病院に勤務していた看護師だ。

　彼女の証言と行動には、不可解な点がある。
　現場で望月が刺されたあと、なぜか一度家に戻っているのだ。その理由について問
いただすと「分からない」の一点張りになる。
　そして、容疑者の松田俊一――。

「失礼します」

　後藤の思考をさえぎるように、制服警官が松田を連れて取調室に入って来た。
　制服警官は、後藤の指示に従い、松田を奥の椅子に座らせたあと、ドアに近い記録
係用のデスクに座った。
　後藤は、改めて松田の顔をじっと見る。
　年齢は四十歳。町工場に工員として勤務している。
　無精髭を生やし、少しやつれてはいるが、いかにも真面目そうな男だった。心証で
言えば、人を刺すような奴には見えない。

「なあ松田。お前、何で望月を刺したんだ?」

　後藤は、灰皿で煙草の火を消してからたずねた。

「金……」

　松田は、うつむいたまま答えた。

「金が欲しくて襲ったのか?」

「そうだ。金が欲しくて、おれが一人であの男を襲った……」

松田の口調は、極めて事務的だった。

何もなければ後藤も松田の言葉を信じたかもしれない。だが、昨晩のことがある。

「お前、昨夜は違うことを言ったじゃないか」

後藤が取り押さえたとき、松田は必死の形相で目撃者である優子に言った。「お前、裏切る気か？」と――。

その言葉を、額面通りに受け取れば、松田と優子は共犯ということになる。

「何の話だ？」

顔を上げた松田は、目を吊り上げ、敵意をむき出しにしていた。

「目撃者の女に言っただろ。『お前、裏切る気か？』って。あれは、どういう意味だ？」

「そんなこと、言った覚えはない」

「言いました」

松田の言葉を否定したのは、石井だった。

「あの女のせいにすれば、罪が軽くなると思った。それだけのことだ」

しばらくの沈黙のあと、松田は天井に目を向けながら言った。

その言葉を、簡単に信じるわけにはいかない。

「嘘をつくな」

後藤は、すごみをきかせて松田を睨む。

だが、松田は動じなかった。

「嘘じゃねぇ。おれは、金欲しさに……」

「だったら、何で望月のポケットに財布が入ってた？」

後藤は、松田の言葉をさえぎった。

望月のポケットには、財布が残ったままだった。現金もクレジットカードも盗まれていない。

「それは……あの女が騒ぐから、慌てて逃げたんだ」

松田は鼻息を荒くしながら言うと、身体ごと顔を横に向けた。

そんなあいまいな答えで、納得できるはずがない。後藤は、立ち上がり、松田の正面に移動する。

「本当に、お前一人でやったのか？」

「だから、そうだって言ってるだろ。おれが、あいつを刺して殺したんだ」

松田は額に汗を浮かべ、早口にまくしたてる。

「刺した場所は、どこですか？」

口を挟んだのは石井だった。

「どこだろうと、関係ねぇだろ」

松田が石井を睨む。

「いえ、関係あります。これは、とても重要なことです」

「たぶん、腹だ……」

「それは本当ですか？」

石井が身を乗り出すようにしてたずねる。

「何が言いたい？」

松田は、こちらの意図が分からないらしく、怪訝な表情を浮かべる。

「確かに、望月は腹を刺されていた。だが、傷はそれだけじゃなかったんだよ」

「だったら、二回刺したんだろ」

「いい加減なことを言うな！」

後藤が怒鳴りつける。

松田は、何かを堪えるように表情を歪めた。

「本当のことを話して下さい」

石井が、松田の肩に手をかけた。その瞬間、松田はデスクを踏み越え、鬼の形相で石井に飛びかかった。

二人は、そのまま床に倒れ込んだ。

松田は石井の上に馬乗りになり、その胸ぐらをつかみ上げる。

「おれがやったんだよ！この手で、おれが刺したんだ！」

「放せ、このバカ！」

後藤は、松田を羽交い締めにして、石井から引きはがす。

それでも、松田は身体をくねらせて暴れる。

「大人しくしろ！」

後藤は、松田を壁に向かって投げ捨てた。

背中を壁に打ち付けた松田は、痛みに表情を歪め、ようやく大人しくなった。

「クソッ！　何なんだ！」

後藤は、やり場のない怒りを吐き出した。

　　　　七

取調室を出た後藤は、未解決事件特別捜査室の部屋に戻った。

椅子に座って煙草に火をつける。

まずい。舌に痺れるような感覚があった。

容疑者である松田は、こちらの反応に合わせて自供内容を二転、三転させている。

聞いていて、何が何だか分からなくなる。

唯一確かなことは、松田が何かを隠しているということだ。

——何を隠してる？

「いや、驚きました……」

石井が、汗を拭（ふ）きながら後藤の前の席に座った。

髪が乱れ、汗を拭きながら後藤の前の席に座った。

さっき、石井は取調室で、逆上した松田に飛びかかられた。

胸ぐらをつかみ上げられ、もみくちゃにされ、今のようなありさまだ。

後藤が止めに入ったから良かったようなものの、石井一人だったら、もっと酷（ひど）いこ

とになっていただろう。

「ああいうときは、力尽（ず）くでねじ伏せるんだよ」

「そう言われましても、私には……」

石井は、緊張感の無い返事をして、困ったように眉を下げた。

コンビを組んでずい分経つが、石井にはいつまでたってもひ弱なイメージがついて

回る。

いつも誰かの顔色をうかがい、遠慮しながら行動しているように見える。

「そんな弱腰じゃ、犯人になめられるぞ」

「分かっています。私も、このままじゃいけない。そう思うんですけど……」

石井は、ハハハと乾いた声をもらした。

「ヘラヘラすんな」

後藤は、石井の頭を引っぱたいた。

——情けない。

後藤は、心の中でつぶやく。

署内でも、石井のヘタレっぷりは有名だ。これまでの失態を数えたらきりがない。

刑事に向いていないとも思う。

だが、石井を見ていると不思議と放っておけなくなる。何とかしてやりたいと思う。

——お前ならできる。

そう言って励ましてやりたいところだが、後藤は元来そういったことが苦手だ。素直に感情を表現できない。不器用なのだ。

結果として、叱咤になってしまう。

だが、それでも石井はめげずについてくる。それが、後藤には不思議でならなかった。

「まったく……」

ぼやいたところで、ドアが開き、鑑識官の松谷が入って来た。

後藤とは同期だが、馬面で陰湿な雰囲気をもつ男で、事件のとき以外、ほとんど言

葉を交わしたことはない。

後藤は、この男を苦手としていた。

「指紋鑑識の結果が出た」

松谷が資料を差し出す。

「おう」

後藤は資料を受け取り、それに目を通し始める。

それを読み進めるうちに、後藤の表情は凍りついた。そこには、驚きの事実が書か

れていた。

「何です？」

石井が、興味津々で資料をのぞき込んでくる。

「おい。こりゃ、どういうことだ？」

後藤が問いただすと、松谷はいかにも嫌そうな顔をして鼻を鳴らした。

「こっちは、事実を記しただけだ。なぜかを調べるのは、お前らの仕事だろ」

松谷は、それだけ言い残して、さっさと部屋を出て行ってしまった。

言っていることは正しいのだが、もう少し言い方というものがある。後藤は、怒り

を鎮め、改めて資料に目を向ける。

ナイフの柄から検出された指紋は一種類。それは、被害者の婚約者で、事件を目撃

していた箕輪優子のものと九十九パーセントの確率で一致する。

「ご、後藤刑事！　これは！」

今さらのように、石井が騒ぎ始める。

「うるせぇ！　分かってるよ！」

後藤は、石井の頭を引っぱたいた。

目撃者の箕輪優子は、松田が犯人だと証言し、松田自身もそれを認めている。だが、その証言内容には、辻褄の合わないところがいくつもある。

その上、ナイフの柄からは、優子の指紋が検出された。

「箕輪優子が犯人なのか？」

後藤は、頭を抱えてつぶやいた。

「そうとも限りません」

石井が、得意げに笑ってみせる。

「どういうことだ？」

「ナイフが発見されたのは、社の近くの茂みです」

「それがどうした？」

「つまり、事件後、優子さんが刺さっているナイフを引き抜いて、家に持ち帰ろうとして茂みに落とした」

目を輝かせながら言う石井の推理は、それっぽく聞こえる。だが——。

「なぜ、そんなことをした?」

後藤の質問に、石井がキョトンとした顔をする。

——やっぱりな。

これが石井が石井たる所以だ。視点は悪くないが、詰めが甘いのだ。

「そうですよね……おかしいですよね……」

石井が、ガックリと肩を落とす。

まあ、ここであれこれ論議をしていても始まらない。デスクの前でじっとしているのは性に合わない。

「行くぞ!」

後藤は、気持ちを切り替えて立ち上がった。

「え?　行くってどちらに?」

「犯行現場に決まってんだろ」

「でも、昨日……」

「ごちゃごちゃうるせぇ!　行くぞ!」

後藤は石井を無視して部屋を出た。

改めて現場を見れば、何か別のものが見えるかもしれない。

事件の真相が見えるま

で、何度でも現場に足を運ぶ。それが刑事というものだ。

八

石井は、そびえ立つ杉の木を見上げていた。

こうやって改めて目を向けると、何だか因縁めいたものを感じる。

不意に十年前のあの日の記憶がよぎった。

石井は、慌ててその記憶に蓋をする。

思い出さなくていい過去だ。今回の事件とは関係ない。このままずっと、心の底に

沈めておく必要があるもの——。

石井は頭を振った。

「石井！」

上司である後藤に呼ばれ、石井は弾かれたように社に駆け寄った。

転んだ——。

「何やってんだ！」

「す、すみません」

慌てて立ち上がり、社の脇にひざまずいている後藤の許に駆け寄った。

　後藤は、昨晩望月の遺体が発見された場所をにらみ付けるように見ていた。その表情は、いつになく険しい。

　考えることより、動くことを信条にしている後藤だったが、さすがに今回の事件は、突き進むべき方向が分からない。動きようがないのだ。

「お前、被害者の望月とは同級生だったんだろ」

　後藤が顔を上げながら言う。

「ええ」

　返事をした石井は、腹の底から何かが湧き上がってくるような感じがした。

「どんな奴だった？」

「どんな……とは？」

「だから、望月ってのは、どんな奴だったかって訊いてるんだよ」

「それは……」

　石井は、固く拳を握った。動悸がした。

　腹の底で蠢く感情は、おそらくは怒りだろう。

「早く話せ！」

　後藤の拳骨が飛んできた。

　石井は、痛みに表情を歪めた。本当は、話したくない。話せば嫌なことを思い出す。

だが、黙ってやり過ごすこともできない。

言葉を選びながら、石井は話し始めた。

「望月利樹さんは、サッカー部のキャプテンでした。成績も良かったです」

高校のときの望月の顔が浮かぶ。

浅黒く、はっきりとした顔立ちで、彼の目はいつも自信に満ちあふれていた。そして——。

「文武両道ってか」

後藤が皮肉交じりに言う。

「そうですね」

「性格はどうだったんだ？」

「性格？」

「交友関係とか、クラスでの立場とか、あるだろ」

「社交的な人でしたから、友達は多かったと思います。クラスでは、リーダー格というか、いつも話題の中心にいました」

「誰からも好かれる人気者ってわけだ」

「違います！」

「あん？」

「あいつは、冷酷で、卑劣で、汚い奴だ！　あんな奴！」

石井は、叫ぶように否定した。

考えて喋っているというより、口が勝手に動いてしまっている。

「何をムキになってんだ？」

後藤に言われてはっと我に返る。

石井は、自分の指先が震えているのを自覚した。

あの日の光景が、フラッシュバックする。

神社、杉の木、石段、女、封筒……石井は、頭を振って次々と浮かんでくる記憶を

消し去った。

「お前、望月に恨みでもあんのか？」

後藤にたずねられ、石井はきつく下唇をかみ、後藤から視線を逸らした。

「いえ、そういうわけでは……」

――あの日のことは、今回の事件とは関係ない。

自分自身に言い聞かせることで、どうにか冷静さを取り戻すことができた。

「妙な奴だな」

後藤が呆れたように言いながら、煙草に火をつける。

「刑事のクセにマナーの悪い人ですね」

声に反応して視線を向けると、寝グセだらけの髪をガリガリとかきながら歩いて来る男の姿が見えた。

──斉藤八雲だ。

今は、黒い色のコンタクトレンズで隠しているが、彼の左眼は燃えさかる炎のように赤い。それだけでなく、死者の魂を見ることができるという特異な体質をもっている。

今まで、何度も彼のその体質と、明晰な頭脳を使って事件を解決に導いてきた経緯がある。

「何だ、八雲か」

後藤が、素っ気なく言う。

「デートですか?」

八雲が石井と後藤を交互に見てから言う。

「バカにしてんのか?」

よせばいいのに、後藤がつっかかる。

「正解」

「この野郎!」

「声のデカイクマですね」

「うるせぇ!」

「まあ、落ち着いて下さい」

石井は、二人の間に割って入った。

この二人は、顔を合わせればこうやって口喧嘩《くちげんか》をする。仲がいいのか悪いのか、石井にはさっぱり分からない。

「それで、お前はこんなとこで何やってんだ？」

一息吐いたところで、後藤が口にした。

「もう少し、大人になったら教えてあげます」

「何だと！」

「石井さん。昨晩、ここで事件があったんですか？」

激昂する後藤を無視して、八雲は石井に話を振る。

「あ、はい。殺人事件です」

「なるほど。被害者は？」

「望月利樹という弁護士の男性です」

「こいつの高校の同級生だったらしい」

後藤が、顎《あご》をしゃくって石井を指す。

「それは大変ですね」

八雲は、自分できいておきながら、興味無さそうに大きなあくびをした。

その顔を見た石井は、あることを思いついた。

「あの、その事件でご相談したいことがあるんです」

「相談？」

石井の言葉に、八雲が眉をひそめた。

目撃者と容疑者の証言に食い違いが見られる今回の事件——。

今まで、数々の事件を解決に導いてきた八雲なら、解決の糸口を見つけてくれるか

もしれない。

　　　　　　九

「相談？」

石井の言葉に、八雲が眉をひそめた。

「はい」

石井は、大きくうなずく。

八雲なら、今回の事件の解決の糸口を見つけてくれるかもしれない——そんな思い

があってのことだった。

八雲から返事はなかった。石井は、それを承諾ととらえて話を始める。

「実は、昨日起きた殺人事件で、容疑者が逮捕されたんです」

「事件解決じゃないですか。良かったですね」

八雲は、面倒臭そうに髪をかく。

「それが……容疑者と、被害者の婚約者である目撃者の間で、証言が大きく食い違っているんです」

そこが、一番の問題だった。

「どう違うんですか？」

「容疑者は、自らの犯行を認めています。目撃者も間違いないと証言しています」

「合ってるじゃないですか」

「問題はその先なんです……」

石井は、今分かっている状況を仔細に八雲に説明した。

容疑者の松田は、犯行を認めているが、腹を刺したと証言。だが、実際は腹と胸の二ヵ所に刺し傷があったこと。

現場にいた、被害者である望月の婚約者、優子が約三時間にわたって現場を離れたこと。

さらには、凶器のナイフから、優子の指紋が検出されたこと――。

取り押さえられたとき、松田が優子に「裏切る気か？」と口走ったこと。

「なるほど。確かにおかしいですね」

石井が話し終えると、八雲がポツリと言った。

「まったく。面倒な事件だよ」

後藤が、新しい煙草に火をつけながらぼやく。

その意見には、石井も同感だった。誰を信じればいいのか分からなくなる。

「まあ、がんばって下さい」

八雲は、大きなあくびをしたあと、石段に向かって歩き出した。

「どこに行くんだ？」

後藤が、あわてて八雲を呼び止める。

「帰るに決まってるでしょ」

「決まっちゃいねーだろ。少しくらい手伝えよ」

「なぜです？」

「そりゃ、あれだよ……」

「ぼくは、通りすがりの大学生です。事件を捜査するのは、警察の仕事でしょ」

「何だと！」

沸点の低い後藤は、怒りをあらわにして八雲の胸ぐらをつかみ上げる。

だが、当の八雲は、おびえた様子もなく、再び大あくび。

「ちょっと、落ち着いて下さい」

石井は、あわてて二人の間に割って入った。毎回、同じようなやり取りをしていて、疲れないのかと思ってしまう。

後藤を引き離したところで、石井は改めて八雲と向かい合った。

「あの、たとえば被害者から証言をとることはできないんでしょうか?」

石井が問いかけると、八雲は嫌そうにため息をつく。

「お前はバカか!　被害者は死んでるんだぞ!」

突っ込みを入れたのは、後藤だった。

「だからこそです」

石井は、後藤に視線で合図を送る。

八雲は死者の魂を見ることができるという特異な体質をもっている。それを活かせ(ば、被害者である望月から証言をとることも可能なはずだ。

石井の考えを察したらしい後藤が「あ!」と声を上げた。

「なあ八雲。頼むよ」

後藤が、再び八雲に歩み寄る。

八雲は汚いものでも見るように、露骨に表情を歪めた。

「嫌です」

「てめぇ！　その態度は何だ！」

「後藤さんこそ、それが他人にものを頼む態度ですか？」

「何？」

「他人にものを頼むときは、何て言うんでしたっけ？」

後藤が表情を引きつらせた。

「お、お……します……」

しばらくしぶっていた後藤だったが、やがて諦めて頭を下げた。だが、その言葉

いつもの勢いはなく、ひどく弱々しい。

「聞こえません」

八雲が腕組みをして、挑発する。

「お願いします！」

後藤は、半ば自棄になりながら頭を下げる。

「よくできました」

八雲が、小バカにしたように拍手をする。

「このガキ。いつか殺してやる」

後藤のぼやきを無視して、八雲は石井に視線を向ける。

「残念ですが、ご希望に添うことはできません」

「へ？」

石井は、拍子抜けして素っ頓狂な声を上げた。

この反応に、後藤は怒りを再燃させ、八雲に詰め寄る。

「てめぇ！　どういうことだ！」

「お忘れですか。ぼくは、見えるだけなんです」

「知ってるよ。だから……」

「被害者の魂を、ここに連れて来たら、話を聞いてもいいですよ」

「そうか……」

八雲の一言で、石井は自らの発言の浅はかさに気付いた。だが、後藤はまだ納得していないらしく、なおも食い下がる。

「呼べばいいだろ」

「どうやって？」

「呼べないのか？」

後藤の勢いは、すぐに失速してしまった。

「ぼくを、イタコと一緒にしないで下さい」

八雲は寝グセだらけの髪をかきながら言うと、踵を返して歩き出した。

石井は、後藤と並んでその背中を見送るしかなかった。

石段を下りようとしたところで、八雲がピタリと足を止めた。さっきまでとは明ら

かに違う、異様な空気が八雲を包んでいた。

「ここで死んだ男は、おでこに黒子のある男ですか?」

八雲が背中を向けたまま言った。

「はい」

石井が返事をするのと同時に、八雲が振り返った。

「今、ここにいます」

「え?」

石井は思わず声を上げ、目を凝らしてみた。

だが、見えるのは八雲の姿だけだ。だが、彼の目には、石井とは違うものが見えて

いる。

それを思うと、自然と胸がたかなった。

十

「大丈夫だから」

晴香は、笑顔で麻衣に語りかけた。

　八雲が部屋を出て行ってから、三十分ほどたち、麻衣はいくらか落ち着きを取り戻したが、その手はまだかすかに震えていた。

「ゴメンね。変なことに巻き込んじゃって……」

　麻衣が、かすれた声で言った。

「気にしないで」

　晴香はそっと麻衣の手を握った。

　麻衣は、自分が体験した心霊現象が、いつわりの樹の前で交わした約束を、反故にしたことによる呪いだと信じ込んでいる。

　そして、聞こえてきた「殺してやる」という声に敏感に反応した。

　自分が呪い殺されると信じ込んでいる。

　以前の晴香だったら、同じように怖いと怯えていたかもしれない。

　だが、八雲と出会ってから、幽霊に対する考え方は大きく変わった。

「死者の魂は、人間の想いの塊のようなものなんだって」

　それが、八雲の考えだった。

　幽霊は新種の生物でも妖怪でもない。肉体を失った人間の想いだ。

　それを知ってから、晴香は幽霊を怖いと思わなくなった。

「想いの塊……」

麻衣が顔を上げた。

「うん。だから、物理的な影響力は無い。誰かを呪ったりすることもできない」

晴香自身の考えではない。八雲の受け売りだ。

だが、今まで八雲とたくさんの事件を経験して、晴香自身が実感として得ているこ

とでもある。

「でも……」

麻衣は眉を下げて、唇をかんだ。

彼女は、実際に女の声を聞いている。すぐに受け容れられないのは分かる。

素人考えではあるが、晴香はいつわりの樹の伝承と、麻衣の聞いた女の声は、別の

ものだと踏んでいた。

「呪いはね、自分自身の中にある罪悪感が生み出すものなんだって」

これも八雲の受け売りだが、ある少年の事件のときに、晴香が実感したことでもある。

「だから、大丈夫。自分を責めないで」

晴香は安心させようと、麻衣に微笑んでみせた。

麻衣も、それに応えるように微笑み返してきた。だが、それも一瞬のことだった。

身体がビクッと硬直したかと思うと、全身の力を失い、白目をむいて椅子から崩れ

落ちた。

あまりに突然のことに、晴香は何が起きたのか、すぐには理解することができなかった。

「麻衣。しっかりして」

晴香は、横向きに倒れた麻衣の肩を大きく揺さぶる。

呼吸はあった。

だが、意識は朦朧といった感じで、浅い呼吸を繰り返し、苦しそうにうなっていた。

額には脂汗がにじんでいる。

――救急車。

晴香が、立ち上がろうとしたところで、手首をつかまれた。

麻衣だった。

痛みを感じるほどの強い力で、手首を握っている。

「……して……やる……」

低くうなる獣のような声だった。

「え?」

ゆっくりと、麻衣が顔を上げた。

その目は大きく見開かれ、血走っていた。頬の筋肉は引きつり、ギリギリと歯軋りをしている。

　──本当に麻衣？

　晴香は我が目を疑った。

「こ……ろ……して……やる……」

　ギョロッと眼球が動き、晴香を見据える。

　背筋がゾクリとした。

　──殺される。

　本能的にそう感じた晴香は、麻衣の手を振り切り飛び退いた。

　だが、すぐに壁に突き当たり、退路を断たれてしまった。

「殺す……」

　麻衣が、緩慢な動きで、ゆらりと立ち上がった。

　再び視線がぶつかる。

　──逃げなきゃ。

　そう思ったが、身体が硬直して動かなかった。

「麻衣、どうしたの？　しっかりしてよ！」

　必死に呼びかける晴香だったが、麻衣にはまるで聞こえていないようだ。

　ブルッと身体を大きく震わせると、両手を突き出し晴香に襲いかかって来た。

　逃げる間もなかった。

麻衣が両手で晴香の首をつかみ、絞め上げる。

「お願い……麻衣……しっかりして……」

必死に訴えたが、それが声になっていたかどうかは分からない。

――お願い。八雲君。助けて。

呼吸ができなかった。

意識が、だんだん遠のいていく。

――もうダメ。

そう思った瞬間、麻衣の手が晴香から離れた。

ゴホゴホと何度も咳き込み、晴香は崩れるようにその場に座り込んだ。

深呼吸をしながら視線を向けると、放心状態の麻衣が呆然と立っていた。

「麻衣……」

「私の中に、誰かいる……」

さっきまでのうなりとは違い、弱々しく、今にも消え入りそうな麻衣の声だった。

「何があったの？」

「お願い。助けて……」

麻衣の目から、涙がこぼれ落ちた。

それと同時に、麻衣は再び力を失い、晴香にのしかかるように倒れた。

「麻衣」

晴香は、その身体をしっかりと抱きとめた。

息はあるようだった。

晴香は、ゆっくりと麻衣を寝かせる。

――いったい、何が起きてるの？

疑問が頭の中を駆け巡る。

さっき、麻衣が譫言のように言っていたのは「殺してやる」という言葉だった。

彼女が聞いたのと同じ言葉――。

もしかしたら、麻衣が体験したという心霊現象と関係があるのかもしれない。

晴香は、バッグの中から携帯電話を取り出し、登録してある八雲の番号を押した。

鳴り響くコール音が、ひどく遠くに感じられた。

――八雲君、早く。

十一

「おい、八雲。そりゃ、本当か？」

後藤は、思わず驚きの声を上げた。

神社の石段の前で立ち止まった八雲は、今目の前に、殺害された望月利樹がいると言ったのだ。

いくら辺りを見回したところで、後藤には何も見えない。だが、八雲は違う。死者の魂を見ることのできる、赤い左眼をもっているのだ。

「八雲。答えろ」

「静かに！」

勢い込む後藤を、八雲が一喝した。

冷たい光を宿したその目に圧され、後藤は口を閉じた。

隣にいる石井が、ゴクリと喉を鳴らした。

八雲は、ゆっくりと歩き出し、社の前でピタリと足を止めた。

後藤の位置からでは、八雲の背中しか見えない。ぶつぶつと何かを言っているようだが、その内容を聞き取ることはできなかった。

「何を話してるんだ？」

石井に視線を向けてみたが、困ったように首を振っただけだった。

後藤は額の汗をぬぐい、再び八雲の背中に目を向けると、じっと息を殺して待った。

どれくらいたったのだろう――八雲が、大きく息を吐き出してから、ゆっくりと振り返った。

その表情は、ひどく憔悴しているようだった。

「何か分かったのか？」

後藤は、八雲にたずねる。

「彼は、恋人に刺されたと証言しています」

八雲が無感情に放った一言が、その場の空気を凍りつかせた。

——恋人に刺された。

つまりそれは、箕輪優子が犯人だということを示唆している。

「それは、本当か？」

後藤は、改めてたずねた。

「彼は、そう言っていました」

「よし、そうと決まれば、箕輪優子を逮捕するぞ！」

これで動ける——後藤は、意気揚々と歩き出した。石井も、それに付き従う。

「後藤さんは、救いようのないバカですね」

後藤の進路に立ちふさがった八雲が、冷淡に言った。

「てめえ、もういっぺん言ってみろ！」

出端をくじかれるかっこうになり、後藤の苛立ちは増幅していた。

「何度でも言いますよ。後藤さんは、バカです」

「何？」

「そういうところが、バカなんです」

「証拠なんて、あとでいくらでも見つけてやる。まずは、箕輪優子の逮捕だ」

死んだ男からの証言を理由に、逮捕状など取れるはずもない。だが──。

しかし、警察組織はそれを認めてはいない。

後藤個人は、八雲といくつもの事件にかかわった経験から幽霊の存在を信じている。

八雲が冷ややかに言った言葉で、後藤はようやく自分の早合点に気づいた。

「あっ」

「警察は、いつから幽霊の証言を証拠として採用するようになったんですか？」

だが後藤には分からない。

石井が何かに気づいたらしく、声を上げた。

「そっか！」

「だから、バカだと言ってるんです」

後藤は、八雲の胸ぐらをつかみあげた。だが、それでも八雲は涼しい顔をしている。

「何でだよ。被害者の証言があんだろ！」

「今の状態で、逮捕できるわけないでしょ」

「このガキ！」

「よく考えて下さい。幽霊だって人間なんです」

後藤には、八雲の言わんとしている言葉の意味が理解できなかった。

「何が言いたい？」

「死んだ人間が、真実を語るとは限らない」

八雲の放った言葉は、大きな衝撃となって後藤の脳を揺さぶった。

「嘘をついているってことか？」

「そういう可能性もあります」

「だが……」

後藤は、反論しかけた言葉を呑み込んだ。

被害者が真実を言っているとは限らない。そのことは、今まで後藤が嫌というほど経験してきたことだ。

隠したいことがあるのは、何も犯人だけではない。

全てを疑ってかからなければ、事件を解決することはできない。

「ところで石井さん」

八雲が、ふいに石井に目を向けた。

「え、あ、はい」

突然のことに驚いた石井は、しどろもどろだった。

「メガネザルって何ですか？」

「は？」

唐突な質問に、後藤は首をひねった。

だが、当の石井は顔が真っ青になっている。

「し、知りません……」

それ以上なにも言わず、石井が視線を逸らした。

石井は隠し事がうまい方ではない。誰の目から見ても、不自然な態度だ。

後藤が問いただそうとしたところで、携帯電話の着信音が鳴り響いた。八雲のものだった。

「もしもし……」

最初、のんびりとした調子で電話に出た八雲だったが、次第にその表情は険しくなっていく。

何かトラブルがあったようだ。

「どうしたんだ？」

後藤は、八雲が電話を終えるのを待ってたずねた。

だが、八雲は後藤を一瞥しただけで、無言のまま境内から走り去ってしまった。

「勝手な野郎だ……」

舌打ち交じりに言った後藤は、チラリと石井に目を向けた。

遠くを見るような目をして、口をあんぐりと開けている。心ここにあらずといった

感じだ。

「石井」

「は、はい」

石井が、ビクンと肩を震わせてから後藤に顔を向けた。

「さっき、八雲が言っていた、メガネザルってのは何だ?」

「分かりません」

その一言を返すのに、たっぷり十秒はかかった。

石井は、額の汗をぬぐうと、逃げるように石段を下りて行った。

「まったく、どいつもこいつも……」

後藤も、石段を下り始めた。

途中、誰かに見られているような気がして、ふと足を止めて振り返った。

だが、後藤の目に入ったのは、そびえ立つ大きな杉の木だけだった。

――どうして、こんなことになったんだろう？

病院の待合室に並ぶベンチに座った晴香は、両手で顔を覆った。

身体が重かった。

まさか、こんなことになるとは、思ってもみなかった。

――殺してやる。

あのとき、麻衣は確かにそう言った。

低くうなる獣のような声、そして血走った目――思い出しただけで悪寒がした。

外見は麻衣に違いないのだが、その中身は全く別の何かだった。

「大丈夫だったか？」

声に反応して顔を上げると、寝グセだらけの髪をガリガリとかいている八雲の姿があった。

普段は無愛想なのだが、今はその声がいつもより優しく感じられた。

「八雲君」

声に出すのと同時に、一気に安堵が広がった。

まだ何も始まっていないのだが、八雲ならこの混沌とした状況をどうにかしてくれるという安心感がある。

「彼女は？」

八雲が、晴香の隣に腰掛けながらたずねた。

「今は、病室で眠ってる。お医者さんは、過労だろうって……」

八雲に電話を入れたあと、晴香はすぐに救急車を呼んだ。

麻衣を診断した医師は、身体に特に異常はなく、ストレスからくる過労で、二、三

日入院すれば回復するだろうという判断をした。

だが、晴香はそれで納得したわけではない。

あれが、過労などであるはずがないのだ。

「それで、何があった?」

八雲がゆっくりとした口調でたずねてきた。

晴香は、うなずいてから説明を始める。

「八雲君が出て行ったあと、普通に話していたんだけど、急に麻衣の様子がおかしく

なったの」

「具体的に」

「身体を硬直させて倒れたの。慌てて駆け寄ったんだけど、そしたら麻衣が、急に襲

いかかって来て……」

あのときの麻衣の目が、再び脳裏を過る。

あの目に込められていたのは、おそらくは憎しみ――。

「それで」

「麻衣が私の首を絞めて来て……」

「首を?」

「うん」

そういえば、電話ではそこまでは言っていなかった。

八雲が、顔を近づけ晴香の首筋を注視する。そんな風に見られると、変に緊張してしまう。

「ケガはないようだな」

「うん」

晴香は、顔が赤くなるのを自覚しながらうなずいた。

「それで」

八雲が先を促す。

「麻衣は、殺してやるって叫んで……まるで別人みたいだった」

「みたいじゃない。たぶん、別人だったんだ」

「え?」

八雲は、戸惑う晴香を余所よそに、ゆっくりと立ち上がった。

「まあ、ここであれこれ考えていても仕方ない。彼女のところに、案内してくれ」

「うん」

晴香も立ち上がると八雲に付き添って案内するために歩き始めた。

「ところで、君と彼女とは、どういう友人関係なんだ？」

廊下を歩きながら、たずねてきた。

「同じサークルなの。前に、八雲君が聴きに来たコンサートにも出てたんだよ」

「親しいのか？」

「友だちって、親しい人のことでしょ」

「程度があるだろ」

八雲は、視線を逸らした。

何だか歯切れも悪い。

「普通だよ。何で、そんなこと聞くの？」

「首を絞められたんだろ」

「うん」

「怖い思いをしているのに、まだ彼女を助けようとしている。電話のときも、『助けて』じゃなくて『麻衣が大変だ』と言ったんだ」

「そうだっけ？」

晴香は、気が動転していて、何を言ったのかよく覚えていなかった。

「だから、君は麻衣という女性に、特別な恩義があるのかと思ったんだ」

八雲の言葉が、晴香の胸に哀しく響いた。

赤い左眼のせいで、八雲は幼い頃からずっとイジメを受けていた。

さらには、母親にまでも殺されかけた。

そんな経験からだろう、八雲は人を信用せず、人間関係は損得によってのみ成立すると考えている節がある。

だが、人と人との関係は、そればかりではない。

「恩義とかじゃないよ。ただ、友だちだから心配してる。それだけだよ」

晴香が笑顔で答えると、八雲は少しだけ表情を緩めた。

「君らしいな」

「そう？」

「そうやって、君は手当たり次第にトラブルを拾ってくる」

「うるさい」

——本当にいつも一言多い。

晴香は、八雲の脇腹を突っついた。

八雲が驚いた表情で飛び退く。

何か、文句を言いたそうに口を動かしかけたが、結局何も言わなかった。

やがて、病室の前に辿り着いた。

「ここ」

晴香が言うと、八雲はうなずいてから病室のドアに手をかけた。

トクトクと晴香の心臓が音をたてる。

麻衣を助けたいという気持ちに嘘はない。だが、怖いと思う気持ちもまた事実だ。

「行くぞ」

八雲は、小さく言ってから病室のドアを開けた。

晴香は、胸の前で拳を握り締めてからそのあとに続く。

ベッドに横たわる麻衣の姿が見えた。

こちらの存在に気づいたのか、ゆっくりと麻衣が目を開いた。

「君は、どっちだ?」

八雲の言葉が、病室に響いた――。

十三

晴香は、八雲に続いて病室に入った。

ベッドに寝ていた麻衣が、ゆっくりと目を開けた。

「君は、どっちだ？」

静かに言った八雲の声が、病室に響いた。

麻衣は、喉をひゅーひゅー鳴らしながら、虚ろな目で八雲を見る。

血色も悪く、まるで病人のような顔つきだった。

「あなたは、何が目的なんですか？」

八雲は、目を細めながら、麻衣のベッド脇に踏み出す。

「こ……殺して……やる……」

ガサガサに乾いた唇を動かしながら、麻衣がうなるように言った。

外見は麻衣だが、やはりその中身は違う。晴香はそのことを改めて実感した。

「誰を殺すつもりですか？」

八雲がさらにたずねる。

「許さ……ない……私は……」

「何をそんなに憎んでいるんですか？」

「私は……」

言いかけたところで、急に麻衣が苦しみ始めた。

ベッドの上で手足をバタつかせ、激しく身体をよじる。

「大丈夫？」

ただならぬ状況に、晴香はベッド脇に駆け寄って呼びかける。ナースコールを押そうとした晴香の手を、麻衣がつかんだ。

一瞬、ドキリとする。

麻衣を見ると、その目にはさっきまでとは違い、生気があった。

「お願い……」

麻衣が言った。

少しかすれてはいたが、それでも、その言葉に、麻衣の意志が感じられた。

「麻衣……」

「助けて……私の中に……誰かいるの……お願い……」

麻衣の目尻から、涙がこぼれ落ちた。

おそらくは、恐怖からくるものだろう。

「うん。何とかする。だから、安心して。怖くないから」

晴香は、麻衣の手を強く握り返した。

安心したのか、少しだけ表情を緩めると、麻衣は気を失った。

「八雲君」

晴香は、説明を求めるような目で見つめた。八雲は、困ったなといいたげに表情を

歪(ゆが)めながら、髪をガリガリとかいた。

麻衣は、どうなるの？」

何も答えない八雲に詰め寄る。

「慌てるな」

「だけど、早く何とかしないと」

彼女にとり憑いた霊を取り除く、一番手っ取り早い方法は何だと思う？」

八雲が腕組みをして、壁に背中を預けた。

「分からない」

「とり憑いた魂の望みを叶(かな)えてやることだ」

「だったら、早くそれを……」

「魂の望みは、恨みのある人間を殺すことだ」

かぶせるように言った八雲の言葉に、晴香は絶句した。

――殺してやる。

麻衣にとり憑いた霊は、そう訴えている。

それが、現世をさまよっている理由――。

「そんなこと、できないよ」

晴香は、震える声で答えた。

麻衣のことは助けたい。だが、だからといって、別の人間を殺すことなんてできる
はずがない。

「分かってる。だから、困ってるんだ」

八雲は、苛立たしげに髪をぐしゃぐしゃっとかいた。

「ごめん……」

晴香は、下唇をかんでうつむいた。

八雲の言う通り、慌てていたようだ。

麻衣にとり憑いた霊の願いが叶えられない以上、何か別の方法を探さなければなら
ない。

でも、どうしたら――。

「君は、誰かを殺したいほど恨んだことはあるか？」

唐突に浴びせられた八雲の質問に、晴香は驚いて顔を上げた。

「ないよ」

少しくらい、嫌だと思ったことはあっても、その人を殺そうとまで考えるのは普通
ではない。

「ぼくは、ある」

八雲が静かに言った。

「え?」

　晴香は、一瞬、意味が分からず八雲を見た。

　いったい、誰に対して、いつ、どんな状況でそういう感情を抱いたのか——晴香に分かるはずもなかったが、その横顔は、ひどく哀しげで、見ていて痛々しいほどだった。

「そういう考えを持ったことがあるのは、ぼくだけじゃない」

「八雲君……」

「だが、そういった感情は、大概一過性のものだ。それを、実行に移す人間と、そうでない人間との間には、大きな境界がある」

「そうかもしれない」

　それは、少しだけ分かる気がする。

　思うだけなのと、実際に行動に移すのでは、天と地ほどの差がある。

　そこには、人として越えてはいけない境界が存在している。

「彼女にとり憑いた霊は、死んでもなお、誰かを殺したいと願っている」

「うん」

　晴香は、返事をしながら、麻衣に目を向けた。

　今は、静かに眠っている。だが——。

「それほどの恨みを、どうやれば晴らすことができるのか……正直、ぼくには分から

「ないよ」

八雲が深いため息をついた。

考えを巡らせてみた晴香だったが、八雲に分からないものが、自分に分かるはずもなかった。

「とにかく、彼女に憑いている霊が、誰なのかをはっきりさせることが先決だな」

八雲は、ポツリと言って病室を出て行った。

「何とかするから」

晴香は、麻衣に小声で告げてから、八雲のあとを追った――。

十四

「来客です」

署に戻った後藤は、受付に声をかけられた。

「来客?」

警察官という仕事柄、来客を受けることはほとんどない。

「誰でしょう?」

石井も、困ったように表情を歪めた。

後藤は戸惑いながらも、来客を通してあるという応接室に足を運んだ。

彼女は、後藤の姿を認めるなり、慌てた様子で立ち上がり、深々と頭を下げた。

ドアをノックして中に入ると、中年の女性が座っているのが見えた。

「松田の妻です」

女が、かすれた声で言った。

――松田の妻？

「松田は独身じゃねぇのか？」

後藤は、隣の石井に小声でたずねた。

調書では、そうなっていた。

住んでいるのも、風呂トイレ共同の、単身者用の四畳半のアパートで、家族で生活

できるようなスペースはない。

「松田さんは、事件の一週間前に離婚しているんです」

石井が、女にチラリと目を向ける。

「だったら、元妻だろ」

「そうですよね……」

「あの」

会話に割って入ってきたのは、中年の女だった。

「おっしゃる通り、私は松田の元妻で、森弥生と申します」

「そうか……とにかく座ってくれ」

ここでごちゃごちゃやっていても、何も始まらない。後藤は、椅子に腰掛けながら、

弥生にも座るように促した。

「混乱させてしまってスミマセン。離婚が、あまりに急だったので、まだ気持ちの整

理がついていなくて……」

弥生は、言い訳でもするかのように言った。

「事前の話し合いはなかったのか?」

「はい。実は、私も離婚したことは知らなかったんです」

「どういうことだ?」

妻が離婚を知らないなど、不自然極まりない。

「ある日、夫から、離婚の手続きを済ませたと一方的に言われました」

「何?」

「離婚届なんて、名前を書いて印鑑を押して、役所に提出するだけですから……」

「それを、松田が勝手にやったってことか?」

「はい」

弥生が目を伏せた。

そんな状況であれば、彼女が混乱するのも当然だろう。あまりに自分勝手な振る舞いだ。

後藤は、腹の底から湧き上がるような怒りを覚えるのと同時に、疑問が浮かんだ。

松田は、何で、そんなことを……」

「私にも分かりません。事情を聞こうにも、夫はそれ以来、家に戻ってきませんでしたから……」

「そのあとに事件が起きた」

「ええ……」

彼女は苦しそうに表情を歪めた。

彼女からしてみれば、二重のショックだったに違いない。

「あの……夫は、本当に人を殺したんでしょうか？」

しばらくの沈黙のあと、弥生が意を決したように切り出した。

「残念ですが、捜査状況については、お話しすることはできません」

隣に座る石井が言う。

事件捜査をしていると、容疑者や被害者の家族から、捜査状況についての質問を受けることがある。

石井の回答は、模範的ではある。だが――。

「現段階では、その可能性が高い」

後藤は真っ直ぐに弥生に目を向けた。

隣の石井が「いいんですか？」と声をかけてきたが無視した。

「嘘です」

「本当だ」

「嘘です。夫は、必死に働いていたんです。仕事を掛け持ちして、昼も夜も、休まず働いていたんです」

「なぜ、そんなに働く必要があったんですか？」

石井が、口を挟んだ。

「病気で入院している娘がいるんです。その治療費を稼ぐためです。休みなく働きながらも、あの人は毎日、時間を見つけては、お見舞いに行っていたんです。それが、一週間前から急に……」

弥生の目から、涙がこぼれた。

「信じたくない気持ちは分かる。だが、松田自身が容疑を認めているんだ」

後藤は、同情的になる自分の気持ちを奮い立たせるように言った。

「誰かに、そう言わされているんです」

弥生が睨み付けるような視線を、後藤に向ける。

「何で、そうなる」

「あんなにも優しかった人が、いきなり離婚だなんて言い出して、家を出たかと思ったら、今度は人殺し……そんなの、どう考えても、おかしいじゃないですか」

興奮した弥生は、まくし立てた。

「少し、落ち着け」

後藤は、弥生の肩に手をかけた。

弥生は、それを払いのけるように立ち上がった。

「刑事さん。もう一度、ちゃんと調べて下さい。あの人が、人を殺すはずないんです」

弥生が、すがりついて来た。

後藤は何も返す言葉がなかった——。

「お前は、どう思う?」

応接室を出たあと、後藤は石井にきいてみた。少し考えたあとに、石井が、ポツリと言った。

「娘さんが病気だって話を聞いて、ひらめいたんですけど……」

「何だ?」

「松田は、娘さんの治療費欲しさに、犯行に及んだと考えれば……」

後藤は、途中から石井の言葉を聞いていなかった。懐疑的になる胸中から逃れるよ

うに歩き出した。

——本当に、松田が犯人なのか？

弥生の必死な表情が、何度も網膜をよぎり、胸が締め付けられるような気がした。

石井が、慌ててあとを追いかけて来る。

転んだ——。

十五

松田の元妻である弥生との面会を終えたあと、後藤は石井と取調室に足を運んだ。

ドアの前に立ち、一呼吸入れる。

弥生から、あんな話を聞いたせいで、もやもやした気持ちに支配されている。

「どうしました？」

石井に声をかけられ、我に返った後藤は、「何でもない」とドアを開けて取調室の中に入った。

部屋の奥には、椅子に座った松田の姿があった。

石井と並んで、向かいの椅子に座ってから、改めて松田に目を向ける。

無精髭が生え、目の下に隈ができているが、顎を引き、何かを覚悟したような表情

をしている。

「いくつか、確認させて下さい」

まずは石井が切り出す。

松田は何も答えなかった。石井は、それを同意と判断したらしく、話を進める。

「本当に、あなたが望月利樹さんを殺害したんですか？」

「ああ、そうだ」

松田が、短く答える。

「実は、別の証言が出てきているんです」

石井が、キザったらしくシルバーフレームのメガネに指先で触れた。

「別の？」

何かを感じたらしい松田が、怪訝な表情を浮かべる。

石井が、チラリと後藤に視線を向ける。

後藤は「うん」と一つうなずいてから、口を開いた。

「ナイフの柄から、指紋が検出された。だが、その指紋はお前のものじゃない」

「おれのじゃない……」

「そうだ。検出されたのは、箕輪優子の指紋だ」

「それがどうした？」

松田が、目を細めた。

「何？」

「おれは、手袋をしてナイフを使ったんだ。おれの指紋が出ないのは、当然だ。おれが刺したあと、女がナイフを触ったんだろ」

松田が得意げに言う。

ここまでの反応は、後藤にとっても想定内だ。

「問題は、それだけじゃない」

「は？」

「望月利樹を殺害したのは、恋人の箕輪優子だって証言する奴が現れたんだよ」

神社で八雲から聞いた話だ。

さすがに、幽霊から聞いたなどと言っても信じてはもらえない。

そこで、〈誰〉から聞いた証言かは伏せた上で、松田に揺さぶりをかけるという算段になったのだ。

——さあ、どう出る？

固唾を呑んで反応を見守る後藤を、松田は即座に嘲笑った。

「何がおかしい？」

「刑事さん。その証言は嘘だ」

「なぜ、そう言い切れる?」

「簡単だ。おれが刺したからだよ。この手で、間違いなく」

そう言って、松田は自らの両手をじっと見つめた。

揺さぶりをかけるつもりだったが、松田は全く動じていない。やはり、この男が犯人なのか?

――嘘です。

松田の元妻である弥生は、そう訴えた。

一方的な離婚を告げられ、突然、姿を消したこの男を、この期に及んでも信じ続けている。

それを思うと胸が痛んだ。

「さっき、お前の女房に会った」

後藤が切り出すと、松田がわずかに口許を引きつらせた。

「元女房だ。今は、他人だ」

突き放すような言い方だ。

「彼女は、そう思ってはいないようだったぞ」

「書類は提出されている。思う思わないは関係ない。おれとあいつは、他人だ」

悪びれない態度の松田の言葉に、後藤は強い怒りを覚えた。

弥生は、この男の何を信じたのか――。

「娘も他人ってわけか？」

「ああ。関係ないね」

松田は、相変わらずの態度だった。

弥生の話では、松田は娘の治療費を稼ぐために、昼夜を問わず働いていた。そこまでしていたにもかかわらず、こうも簡単に切り捨てられるものだろうか――。

「なぜだ？」

「は？」

「なぜ、大切なものがあるのに、人の命を奪ったりしたんだ？」

「関係ないって言ってんだろ」

「本気か？」

「ああ本気だね。女房も子どもも、おれにはもう関係ない。生きようが、死のうが、おれの知ったこっちゃねぇ」

松田が声を荒らげた。

だが、その言葉が本意でないことは、後藤にも分かった。松田は、何かを必死に守ろうとしている。

それが、分かっているはずなのに、言葉の持つ毒に、後藤は怒りを抑えることがで

きなかった。

「お前、本気で言ってんのか?」

「ああ。本気だ」

「てめぇ!」

叫びながら、松田につかみかかっていた。

さらに後藤は、松田を床の上に引きずり倒し、その上に馬乗りになる。

「後藤刑事!　止めて下さい!」

石井が血相を変えて止めに入る。

後藤は、それを振り払い、拳を振り上げた。

だが、それを振り下ろすことはなかった。　松田の目に、涙が浮かんでいるのを見て

しまったからだ。

「くそったれ……」

後藤は、力無く吐き出すと、逃げるように取調室を出て、廊下の壁に背中を預けて、

大きく深呼吸をした。

殴ってもいない拳が、じんじんと痛みを放っているようだった。

――何なんだ。

後藤が、心の中で呟いたところで、携帯電話が鳴った。

「誰だ」

後藤は、電話に向かって苛立ちを吐き出した。

十六

後藤は、廊下の壁に背中を預け、携帯電話に出た。

「誰だ」

聞こえてきたのは、いかにも眠そうな八雲の声だった。

〈電話の応対を、改めて下さい〉

機嫌の悪いときに聞く、八雲の声ほど苛立つものはない。

「うるせぇ！」

〈うるさいのは、後藤さんでしょ〉

「何だと？」

〈そうやって、すぐ感情的になる。本当に子どもですね〉

次から次へと、よく言葉が出てくる。

少しは言い返してやりたいところだが、残念ながら、八雲に口論で勝つ自信はない。

「こっちは忙しいんだ。用が無いなら切るぞ」

〈ぼくは、用事もなく後藤さんに電話するほど暇じゃないんです〉

やっぱり一言多い。

「何だ？」

〈少し、調べて欲しいことがあるんです〉

「調べて欲しいこと？」

〈ええ〉

八雲が、こういう依頼をしてくるときは、たいてい、幽霊がらみのトラブルを晴香から持ち込まれているときだ。

「悪いが、おれは忙しいんだ」

今の事件で手一杯だというのに、幽霊がらみの事件を追いかけるほどの余裕はない。

〈そうですか……ぼくの勘が正しければ、あの神社で起きた殺人事件の謎が解けるかもしれないんですが……〉

「何？」

〈忙しいなら仕方ないです。では……〉

「おい！　八雲！」

後藤は、慌てて呼びかけたが、すでに電話は切れていた。

八雲は、こちらの反応を楽しむかのように、わざとこういう言い回しをする。

——あざとい野郎だ。

後藤は、内心でぼやきながら、八雲の携帯に電話を入れる。

だが、しばらくコール音が続いたあと、留守番電話に切り替わってしまった。

——ひねくれ者め！

後藤は、苛立ちを噛み殺しながら、もう一度電話を入れる。

そこまでして、ようやく八雲が電話に出た。

〈忙しいんでしょ〉

皮肉たっぷりに八雲が言う。

「そう言うなよ。それより、さっきの件だが……」

〈あいにく、ぼくは今忙しいんです〉

「待てよ」

〈悪いことしたときは、何て言うんでしたっけ？〉

——本当に底意地が悪い。

「ご、ごめんなさい」

屈辱に耐えながら、絞り出すように言った。

〈大変よくできました〉

勝ち誇ったその物言いに腹が立つが、事件解決のために我慢しよう。

「それで、どういうことだ？」

〈例の神社で、今回の殺人事件以外で、誰か死んだ人がいないかを調べて下さい〉

「死んだ人？」

〈事件、事故、なんでもいいです〉

「他に分かっていることは？」

〈性別は女性です〉

「他には？」

〈以上です〉

情報がそれだけでは、調べるのに時間がかかりそうだ。

〈それで、その死んだ女と、今回の事件が、どう関係しているんだ〉

〈分かりません〉

「何？　お前、さっきと言ってることが違うじゃねぇか」

〈話をちゃんと聞いて下さい。ぼくは、謎が解けるかもしれない……と言ったんです。

あくまで勘ですよ〉

ただの勘で警察を動かすなど、言語道断と言いたいところだが、今までの経験上、

八雲の勘は無視できるものではない。

過去に何度も、事件を解決に導いているのだ。

「分かったよ」

〈じゃあ、お願いしますね〉

そう言い残して、八雲は電話を切ってしまった。

後藤は、携帯電話をポケットに押し込んだ。八雲と話していると、胃に悪い。

「後藤刑事」

ため息をついたところで、石井が声をかけてきた。

「何だ?」

「大丈夫ですか?」

石井が、眉を下げて頼りなげな顔をしている。

「何が?」

「いや、その……」

どうやら石井は、さっきの取調室での後藤の暴挙を、気に病んでいるらしい。

後藤は取調室のドアに目を向けた。

今の状態では、松田から有効な証言を引き出すのは難しいだろう。

先に八雲からの依頼を片付ける方が良さそうだ。

「石井、行くぞ」

後藤は、言うなり歩きだした。

「え？　どちらに？」

「八雲に頼まれた件を調べるんだよ」

「何ですそれ？」

「何でもいい」

説明するのが面倒になり、突き放すように言った。

「で、でも」

「何だ？」

「彼女の事情聴取はどうします？」

「彼女？」

「箕輪優子さんです」

――そうだった。

神社で聞いた、被害者の望月利樹の証言もある。

松田の取り調べのあと、優子から、事情聴取をしようということになっていた。

だが、改めて話を聞いたところで、簡単に状況が変わるとは思えない。また、噛み合わない証言を聞かされるかと思うと、げんなりした。

「お前、やっとけ」

後藤は、そう言い残すと、足早に歩き出した。

十七

ドアの前に立った石井は、大きく深呼吸してからインターホンを押した。

しばらくして、ドアが開き、箕輪優子が顔を出した。

その顔を見て、石井はドキリとする。

——似ている。

目鼻立ちのはっきりした顔を見て、改めてそれを感じた。だが、石井はすぐに打ち消した。

——そんなはずはない。

「あの、世田町署（せたまち）の石井です。事件のことで、おうかがいしたいことがありまして……」

石井が早口に言うと、優子は「どうぞ」と中に入るように促した。

「し、失礼します」

石井は、額の汗を拭（ぬぐ）いながら、玄関を上がり、優子に案内されて、廊下の突き当たりにあるリビングに通された。

壁際には、段ボール箱がいくつも積み重ねられている。

「散らかっていて、すみません。引っ越しの準備をしていたものですから……」

優子が、申し訳無さそうに言う。

殺害された望月利樹と、優子は婚約していた。おそらくは、事件前から、同居する

ための引っ越しの準備をしていたのだろう。

「どうぞ、おかけになって下さい」

「はい」

石井は、勧められるままに、ダイニングテーブルの椅子に座る。

「お一人なんですか？」

向かいの席に座りながら、優子がたずねてくる。

刑事は、本来は二人一組で動くものだ。

石井も最初はそのつもりだったのだが、一緒に来るはずだった後藤は、松田の取り

調べが終わったあとに、一人でどこかに行ってしまった。

「今日は、私一人です」

「そうですか……」

その後、しばらく沈黙があった。

何から話すべきか、石井自身整理がついていなかった。

「それで、今日は何を……」

沈黙に耐えかねたのか、優子が不安げな表情を浮かべる。

「あ、すみません。事件当日のことを、もう一度、詳しく聞かせていただきたいと思いまして……」

石井は、慌てて口にする。

詳しい状況を聞けば、見えてくることもあるかもしれない。

「詳しく……ですか?」

「はい。あの神社に行ったのは、何時頃ですか?」

「最初にお話しした通り、七時頃です」

「何をしに行ったんですか?」

「あの日は、彼の家で結婚式の打ち合わせをしていました。その帰り道でした……」

優子は、何かを懐かしむかのように目を細めた。

「望月さんの家から帰るときは、いつも神社を通るんですか?」

「いいえ」

「では、なぜ?」

石井がたずねると、優子は嫌そうに表情を硬くした。

「そのことは、もう話しました」

「もう一度、お願いします」

「いつわりの樹……知ってますか？」

「はい」

神社にある杉の木の前で嘘をつくと、呪われるという噂がある。

「結婚する前に、確かめたかったんです」

「何をですか？」

「利樹さんの気持ち……」

そこまで言って、優子が大きく洟をすすった。

石井が高校生のときも、カップルたちがお互いの気持ちを確かめ合う場所として利用していた。それと同じことなのだろう。

だが、結果としてそのことで、事件に巻き込まれたと考えると、やりきれないものがある。

そう思うと同時に、石井の中に一つの疑問が浮かんだ。

優子は、望月利樹の愛情に、疑問をもっていたということだろうか？

「望月利樹さんは、その……」

どうきいていいのか分からず、口ごもってしまった。

「利樹さんは、あまり口に出して、愛情表現をしてくれる人ではありませんでしたから……」

石井の考えを察したらしい。

「そうですか……。それで？」

先を促すと、優子の顔色が一気に青ざめた。

事件の瞬間のことを思い返したのかもしれない。

何かを喋ろうと、口をパクパク動かしたが、声を発する前に両手で顔を覆ってしまった。

肩が少し震えている。

こういうとき、どう接すればいいのか、石井には分からない。

「大丈夫ですか？」

そう声をかけるのがやっとだった。

「すみません……大丈夫です」

しばらくして、優子は洟をすすりながら顔を上げた。

視線がぶつかった。

石井の脳裏に、十年前の記憶がフラッシュバックする。

――やっぱり似ている。

「そのあと、どうしたんですか？」

石井は、優子から視線を逸らして先を促した。

「はい。しばらくは、神社で話をしていました」

「どれくらいですか？」

「三十分くらいだったと思います」

「その後は？」

「帰ろうとしました。そしたら……」

優子が、何かを探すように、視線を泳がせる。

「松田が現れた？」

「はい……」

「彼は、いきなり襲って来たんですか？」

「いいえ」

優子が首を振る。

「では……」

「あの男は、ナイフを持って、私たちの前に現れると、言ったんです」

「何をです？」

石井は、固唾を呑んだ。

「お前は、望月利樹かって……」

「え？」

もし、優子の証言が本当であるなら、松田は嘘をついていることになる——。

石井は驚きの声を上げた。

十八

「やっぱり……」

石井は、思わず手を打った。

もし、優子の証言が正しいとすると、今までとは別の可能性が出てくる。

容疑者である松田は、金を奪うのが目的で望月利樹を襲い、彼を刺したと証言した。

だが、今の優子の証言だと、松田は二人の前に姿を現したときに「お前は、望月利樹か」と確認を入れている。

つまり、松田は、たまたま望月を襲ったのではなく、最初から望月を狙っていたことになる。

そう考えると、事件の見え方は、まるっきり変わってくる。

「あの……何か、分かったんですか?」

優子が、不安げな表情を向ける。

「あ、すみません」

石井は慌てて居住まいを正した。

「別の質問をさせて頂いて、よろしいですか?」

改めて石井がたずねると、優子は小さくうなずいた。

「望月さんは、誰かから、恨みをかっていたりしていませんでしたか?」

「恨み……ですか?」

「ええ」

石井は、息をつめて優子の返事を待った。

松田は望月に恨みのある誰かから、殺害を依頼された——それが、石井の導き出した推理だった。

「利樹さんに限って、そんなことは……」

「え?」

石井は、思わず聞き返した。

胸がざわざわと揺れる。

「利樹さんは、優しい人でしたから……仕事のことは分かりませんけど、誰かから恨まれるような人ではありません」

石井には信じられなかった。

まるで、おとぎ話を聞かされているように、現実味のない話だった。

——メガネザル。

耳の奥で、声が聞こえた。

望月利樹の声だ。陰湿で、粘着質な声。

「嘘だ」

気がついたたときには、口に出していた。

「え？」

「あ、いえ、すみません」

石井は、慌てて否定する。だが、遅かった。

「あなたに、利樹さんの何が分かるんですか？」

優子が、睨（にら）み付けるような視線を石井に向ける。

その迫力に気圧（けお）されて、石井の額からどっと冷たい汗が流れ出す。

「ち、違うんです」

「何が違うんですか？」

「同級生だったんです」

「え？」

さすがに驚いたらしく、優子の勢いは急速にしぼんでいった。

「私と望月利樹さんとは、高校時代の……」

「そうだったんですか……」

「すみません。昔のイメージと少し違っていたもので、つい……」

石井は、額の汗を拭った。

それから、しばらくの間、お互いに口を開くことはなかった。

「じゃあ、姉のことも、知っているんですね」

どれくらい時間が経ったのだろう。今にも消え入りそうな声で、優子が言った。

「お姉さん？」

声に出すのと同時に、居心地の悪さを覚えた。

――似ている。

その感覚が、再び蘇ってくる。

もしかして――その推測が頭をもたげたが、信じたくないという思いが、それをかき消した。

「私の姉は、小坂由香里といいます」

優子の告白は、強い衝撃となって、石井の頭を揺さぶった。

忘れかけていた名前だ。いや、正確には、忘れようとしていた名前――。

「小坂由香里さんの……妹？」

「はい」

「でも、苗字が……」

「あの事件のあと、両親が離婚したんです。私は母方に引き取られたので……」

「そうでしたか……」

声が震えた。

初めて優子に出会ったときから感じていた、似ているという感覚の正体が分かった。

いや、本当は分かっていたのに、心がそれを拒絶していた。

「何で、こんなことになったんでしょう……」

優子が、呟くように言った。

音もなく、彼女の頰を涙が伝った。

「え？」

「大切な人が、二人も同じ場所で死ぬなんて……」

「な、何を……」

「これは、いつわりの樹の呪いなんでしょうか……」

「や、止めろ！」

石井は、飛び退くようにして立ち上がった。

椅子がバタンと音を立てて倒れた。

優子が、じっと石井を見る。

その目が、小坂由香里と重なった。

――お前が殺した。

そう言われているようだった。

息が苦しい。

「し、失礼します」

石井は、逃げるように優子の部屋を飛び出した。

無我夢中で階段を駆け下りる。

必死に、記憶を閉じ込めようとしたがダメだった。

意志とは関係なく、十年前のあの日の記憶が蘇る――。

高校三年生のある日のことだった。石井は、神社へと続く石段を登っていた。

ある人物に会うためだ。

その人物は、いつわりの樹を、哀しげな目で見上げていた。

――あの。

石井は、その背中に声をかけた。

ゆっくりと、振り返る。

――小坂由香里だった。

と、思った拍子に、石井は何かにつまずいて、前のめりに転んだ。

石井は、痛みを堪えながら、ゆっくりと立ち上がる。

どこをどう走って来たのか、覚えていないが、いつの間にかあの神社の石段の下ま

で来ていた。

石段の途中に、黒い猫が座っていた。

「うわぁ！」

石井は、わけも分からぬまま、猫に向かって叫んだ。

十九

晴香は、一歩一歩確かめるように石段を登っていた。

思いのほか、長い石段で息が切れる。

「八雲君。待ってよ」

少し前を行く八雲の背中に声をかけた。

「運動不足だから、そういうことになる」

八雲が、振り返りながら言った。

いちいち指摘されるまでもなく、そんなことは自分が一番分かっている。

晴香は、足を止めて登ってきた石段を振り返った。

一瞬、目眩がした。

かなりの高さがある。ここを転げ落ちたら、ケガではすまないだろう。

再び登り出そうとしたところで、石段の横の茂みから、黒い何かが飛び出して来た。

「きゃっ！」

反射的に身体を反らすのと同時に、バランスを崩し、石段を踏み外した。

――落ちる。

そう思ったところで、誰かに腕を摑まれ、寸前のところで踏みとどまることができた。

背後から八雲が腕を摑んでいた。

「君は、信じられないほどのドジだな」

八雲が、呆れたように言う。

彼の物言いには腹が立つが、助けられたのは事実だ。

「ありがとう」

晴香が素直に礼を言うと、八雲はふんと鼻を鳴らし、再び石段を登り始めた。

後に続こうとしたところで、ニャーという猫の鳴き声が聞こえた。

「え？」

すぐ目の前に、真っ黒い猫が、ちょこんと座っていた。さっき飛び出して来たのは、

この猫だったのだろう。

「危なく、落ちるところだったんだぞ」

猫に向かって言ってみたものの、言葉が通じるわけもなく、猫は不思議そうに首を傾げただけだった。

「グズグズするな」

石段の頂上に到達した八雲が、声を上げた。

「分かってるわよ」

晴香は、小声で言ってから、再び石段を登り始めた。

さっきの失敗があるので、今度はしっかりと手すりを摑みながら、慎重に歩を進めた。

石段の頂上まで登り、振り返ると、町が一望できた。

夕刻を迎え、オレンジ色に染まったその風景は、何ともいえない鮮やかな美しさがあった。

「ぼうっとしてると、また落ちるぞ」

八雲は、あくびを嚙み殺しながら言うと、真っ直ぐに杉の木に向かって歩いていった。

晴香も、その後に続く。

「これが、いつわりの樹……」

根元から、その大木を見上げた晴香は、感嘆の声を漏らした。

麻衣のことがあるからか、そびえ立つ杉の木は、得体の知れない妖気（ようき）を放っている

ようでもあった。

「ねえ、八雲君」

晴香は、目を細めて杉の木を見ている八雲に声をかけた。

「何だ？」

「いつわりの樹の呪いは、本当にあるのかな？」

「ある」

「え？」

意外な答えに、晴香の方が驚いてしまう。

「呪いは、言霊信仰からきている」

「言霊信仰？」

言葉自体は耳にしたことがあるが、それがどういう意味合いなのかは分からない。

「そうだ。言葉にすることで、それを現実にする力のことだ」

「超能力みたいなもの？」

「違う。思い込みだ」

「思い込み？」

「そうだ。たとえば、緊張したときに、掌に人と書いて呑むって方法があるだろ」

「うん」

「あれも、言霊や呪いの一種だ。そうやって、暗示をかけるんだ」

「そっか」

晴香は、感心して手を打った。

「恋愛も、言霊のようなものだ」

「そうなの？」

「ああ。好きな相手がいたとして、そのままでは何も起こらない。関係に進展もない」

「うん」

「だが、言葉で想いを伝えることで、状況は変わってくる。相手も同じ想いをもっていた場合は、そこで恋人同士の関係に進展する」

「もし、そうじゃなかったら？」

「想いを伝えることで、相手は君を意識して、好きになることもある。言葉の力で、関係を変える。呪いだよ」

――なるほど。

納得すると同時に、晴香は八雲に目を向けた。

今、呪いを実践してみたら、どうなるのだろう――そんな衝動に駆られたが、止めておいた。

「そういう意味では、この樹の伝説そのものが、呪いなんだ」

八雲が、杉の木の幹を指で撫でる。

確かにその通りだ。

麻衣のように、いつわりの樹の噂を信じた者は、嘘をついたことで、自分が呪われ

るかもしれないというおびえを抱く。

その感情こそが、呪いの正体なのだろう。

「うわぁ！」

晴香が口にしようとしたところで、悲鳴にも似た叫び声が聞こえた。

石段の下からだったように思う。

晴香は、八雲と顔を見合わせたあと、踵を返して石段に駆け寄った。

のぞき込むようにして見ると、石段の下で男の人がつまずいているのが見えた。

知っている人物——石井雄太郎だった。

「石井さん……」

声をかけようとした晴香だったが、八雲がそれを制した。

無言で小さく首を左右に振る。

晴香は、戸惑いながらも、じっと石井に目を向けた。

石井は、こちらには気付いていないらしかった。

しばらく、じっとしていた石井だったが、やがてゆっくりと立ち上がり、メガネを

外して、目をこすりながら歩き去っていった。

泣いているようだった――。

「八雲君……」

晴香が目を向けると、八雲は深いため息をついた。

「今回の事件の鍵は、石井さんが握っている」

「え？」

晴香には、八雲の言葉の意味が分かるはずもなかった――。

二十

「ああ、面倒臭せぇ！」

署の地下にある、資料の保管倉庫に足を踏み入れた後藤は、思わず口にした。

――過去に神社で死んだ人間がいないか調べてほしい。

それが八雲からの依頼だった。

最初、データベースを検索してみたが、該当する案件はなかった。

担当者に問い合わせると、データベースに入っているのは、過去五年分だけだという。それより以前のものが見たければ、保管倉庫にあるとのことだった。

そうして、倉庫に足を運んだのだが、身長より高いスチールラックが四列並んでいて、それぞれにぎっしりファイルが収まっているのを目にして、すっかり気持ちが萎えた。

簡単な仕事だと思っていたが、甘かったようだ。

特に、後藤は地道な作業が嫌いだ。

――こっちを石井に任せれば良かった。

後悔の念を抱きながらも、後藤は端からファイルを取り出し、中身を確認しては、ラックに戻すという作業を始めた。

こういう単純作業をやっていると、いろいろと余計なことを考えてしまう。

最初に頭に浮かんだのは、松田の顔だった。

胸の奥が、ざわざわと音をたてて揺れた。

自供はしているが、後藤には、どうしても松田が金銭目的で人を襲うような男には思えなかった。

そう思う理由は、あの目だ――。

あれは、欲に眩んだ人間の目ではない。

強い意志のこもった目。後藤には、松田が何かを守ろうとしているように思えた。

誰かをかばっているのか？

もし、そうだとするなら、誰を守ろうとしている？

いくら考えても、浮かんでくるのは疑問ばかりで、苛立ちを増幅させるだけだった。

「クソッ！」

頭を振って、気持ちを切り替えようとしたがダメだった。

次に浮かんできたのは、なぜか石井の顔だった。

いつでも頼りなさそうにしている石井だが、今回は、いつにも増して様子がおかしいように思う。

被害者が同級生だったことで、動揺していると考えられなくもないが、それだけではないように思える。

何かにおびえているといった感じだ。

それに、後藤の中には、石井に対するある疑惑があった。

——あいつは、事件に関して何か知っている。

「いや、そんなはずはない」

後藤は、口に出して自らの考えを否定した。

石井は仮にも後藤の相棒だ。彼を疑っては、捜査などできるはずがない。

「おれは、何を考えてんだ……」

後藤は、自嘲気味に笑ってから、資料を探す作業に没頭した。

「見付けた……」

それからしばらくして、後藤はようやく目的の資料にたどり着いた。

後藤は、睨み付けるようにして資料に目を通す。

あの神社で、過去に死んだ人間がいた。

今から十年前のことだ。

地元の高校に通う、女子高生が神社の石段の下で遺体となって発見された。

死因は脳挫傷――。

警察は事件と事故の両面から捜査を行った。

最終的に、事件性はなく、事故であるとの結論を下している。

「臭うな……」

後藤は、資料を抱えて保管倉庫を出た。

特別な理由があるわけではない。だが、何かがおかしい。そう感じていた。

階段を上がり、署の正面玄関から外に出たところで、携帯電話を取りだし、八雲に電話を入れた。

〈もしもし〉

三回のコール音のあと、八雲の眠そうな声が聞こえてきた。

「見つかったぜ」

後藤は、煙草に火を点ける。

煙が、ズシリと肺にのしかかる。

〈何がです?〉

「何がって……お前の言ってた、過去に神社で死んだ奴がいないかって、あれだよ」

〈ああ、あれか〉

自分で頼んでおいたクセに、ずいぶんあっさりとした応対だ。

「まったく……」

〈それで、どんな事件です?〉

「十年前に、あの神社の石段の下で、女の遺体が発見された」

〈殺人ですか?〉

「最初は、事件と事故の両面から捜査していたが、最終的に事故だと結論付けられている」

〈そうですか……〉

わずかだが、八雲の声が変わった。

長い付き合いで分かっている。こういうときの八雲は、何かを感じているのだ。

「それで、どうする?」

後藤は、期待を込めてたずねた。

八雲は過去に神社で起きた事件と、今回の望月利樹の事件が、つながっているよう

なことを言っていた。

八雲が、どんな結論を導き出すのか——興味があった。

〈詳しく調べてみないと、分かりませんね〉

「何？」

〈取り敢えず、事件の資料を、持ってきて下さい〉

さも当たり前のような口調だ。

毎回、毎回、パシリみたいに使いやがって——。

「見たければ、自分で取りに来い」

〈別に、ぼくは資料なんて見たくありません〉

「は？」

予想外の反応に、戸惑ってしまう。

〈後藤さんが、事件を解決するために、ぼくに資料を見せたいんでしょ〉

「調べろって言ったのは、お前だろ」

〈分かりました。ぼくに見せたいと思ったら、持って来て下さい〉

「おい、ちょっと待って……」

八雲は、後藤の言葉を最後まで聞かずに電話を切ってしまった。

「持っていけばいいんだろ。まったく」

後藤は、吐き捨てるように言ったあと、煙草を携帯灰皿に放り込み、駐車場に向かって歩き出した。

車の前まで来て、ふと視線を上げると、空を流れる筋状の雲が、オレンジ色に染まっていた——。

二十一

——なぜ、こんなことになったのか？

石井は、神社から駅前へと続く道を、考えを巡らせながら、とぼとぼと歩いていた。

だが、いくらそうしたところで、答えなど出ない。それは、石井自身が一番分かっていた。

「私は……」

言いかけたところで、けたたましいクラクションが鳴り響いた。

「ひぃ！」

石井は、思わず尻餅をついた。

すんでのところで、大型のトラックが急停車する。

「バカヤロー！」

強面の男が運転席から顔を出して叫んでいた。

どうやら考えに集中し過ぎて、赤信号を無視して交差点を渡ろうとしていたようだ。

「す、すみません」

石井は、慌てて立ち上がり、交差点から歩道に引き返した。

危なく、死ぬところだった。

トラックが、エンジン音を響かせながら走り去っていく。

「どうかしている……」

石井は、額に浮かんだ汗を拭った。

事件の目撃者である箕輪優子が、小坂由香里の妹であると知り、必要以上に動揺してしまった。

よくよく考えてみれば、今回の望月利樹殺害事件と、十年前のことが関係しているはずはないのだ。

単なる偶然の産物だ。

「そうだ。関係ない」

石井は、自らに言い聞かせたあと、ガードレールに寄りかかり、携帯電話を手に取った。

今は、望月利樹の殺害事件に集中しよう。

石井は、この後の指示を仰ぐために、後藤に連絡を入れた。

しばらくコール音が続いたあと、いかにも不機嫌そうな後藤の声が聞こえた。

〈誰だ?〉

「あ、石井雄太郎であります」

〈知ってるよ〉

「す、すみません」

〈それで、何の用だ?〉

「目撃者である、箕輪優子の事情聴取が終わりましたので……」

〈どうだった?〉

「それが……」

〈歯切れが悪いな〉

「実は……」

どこから話していいものかと悩んでしまう。

石井は、ひと息ついてから、優子から聞きだした事件当日の様子を、仔細に後藤に説明した。

──お前は、望月利樹か。

松田がそうたずねたくだりで、後藤が〈どういうことだ？〉と口を挟んだ。

「現在の情報だけでは、はっきりしたことは分かりませんが……」

〈何だ？〉

「もし、箕輪優子の話が本当だとすると、松田は偶然神社にいた望月を襲ったのでは

なく、最初から彼を襲うことが目的だったことになります」

石井は、一息に自分の推測を口にした。

〈その可能性はあるな〉

「はい」

〈だが、そうなると、松田は嘘をついているってことになる〉

「そうですね」

〈お前は、どっちだと思う？〉

「分かりません」

それが、石井の本音だった。

どちらの証言も、石井には真実のように思えてしまう。

〈はっきりしねぇ野郎だ〉

後藤が低く呟った。

「すみません……」

後藤の言葉が、自分に向けられたものでないことは分かっていた。

だが、自然とその言葉が出ていた。

〈何で謝るんだ?〉

「いえ、その、すみません……」

〈だから、謝るなって言ってんだろ〉

「すみま……」

〈石井!〉

「は、はい」

〈理由もなく謝るな。刑事なら、もっと堂々としてろ〉

後藤の言っていることは、もっともだと思う。

だが、頭で分かっていても、できないことがある。

石井は、昔から他人の顔色ばかり窺いながら生活していた。

できるだけ目立たないように、相手の感情を逆撫でしないように——一種の防衛本能のようなものだ。

いつの間にか、すぐに謝ってその場をやり過ごそうとする習性が身についていた。

〈まったく……〉

後藤が、ぼやくように言った。

反射的に「すみません」と言いそうになったのを、かろうじてこらえた。

〈それで、この後どうしたら……〉

「で、でも……」

〈やることなんて、いくらでもあるだろ〉

「は、はぁ」

〈箕輪優子の素性を洗うとか、松田の勤務先の聞き込みとか、望月の交友関係を洗うとか……〉

「わ、分かりました」

〈まったく。少しは、自主的に動け〉

また「すみません」と言いそうになったのを、慌ててこらえた。

「あの……」

〈何だ？〉

「後藤刑事は……」

〈おれは、八雲の相手で忙しいんだよ〉

投げやりな言葉のあと、電話が切れた。

石井は、携帯電話をしまおうとしたところで、後藤に伝え忘れたことがあることに

気付いた。

箕輪優子の姉である小坂由香里が、望月利樹の同級生であったという事実だ。

もう一度、電話をしようかと思ったが止めておいた。

「関係のないことだ」

石井が呟きながら顔を上げると、交差点の反対側に立っている男の姿が目に入った。口許には、黒いスーツを着て、長い髪を後ろに撫でつけ、サングラスをしていた。口許には、うっすらと笑みを浮かべているようだった。

――あの男は。

異様な存在感を放つその男に、石井は見覚えがあった。

引き寄せられるように、近づこうとした石井だったが、それを遮るように、大型のバスが目の前を通り過ぎた。

驚き、一歩後退る。

再び視界が開けたときには、もう男の姿は消えていた――。

「まったく……」

二十二

後藤は、石井との電話を終えたあと、思わず口にした。

どうして石井は、いつもあんなにオドオドしているのか。刑事なら、もっと堂々と

していればいいものを、いつも何かに怯えたようにしている。

だが、石井を毛嫌いしているわけではない。

むしろ期待しているし、どうにかしてやりたいと思う。だが、根が不器用な後藤に

は、どう言葉にすればいいのか分からず、ついつい厳しく当たってしまう。

「何を考えてんだ」

後藤は、頭を振って考えを振り払ってから歩き始めた。

明政大学の正門を入り、B棟の裏手にあるプレハブの建物を目指す。

「邪魔するぜ」

後藤は、一番奥にある《映画研究同好会》のドアを開けた。

「邪魔だと分かっているなら、帰ってください」

壁際の椅子に座っている八雲が、眠そうに目をこすりながら言う。

二言目にはこれだ。

「お前が呼び出したんだろう」

「ぼくが用があるのは、後藤さんじゃなくて、その資料です」

八雲が、後藤の持っている茶封筒を指差した。

「ほらよ」

後藤は、資料を八雲に投げた。

それを受け取った八雲は、早速資料を取りだし、目を通し始める。

「まったく……」

後藤はぼやきながら席に着いた。

「今日、石井さんはどうしたんですか?」

八雲が、資料に目を向けたまま訊く。

「別件で動いてる」

「例の神社での殺人事件ですね」

「ああ」

「いいんですか。一人にして」

「ガキじゃあるまいし、少しは自分で動いてもらわないとな」

「他人のこと言えるんですか?」

八雲が、小バカにするような視線を後藤に向けた。

「どういう意味だよ」

「言葉通りです」

「このガキ……」

後藤は舌打ちを返す。

一息ついたところでドアが開いた。

「後藤さん」

部屋に入って来たのは、晴香だった。コンビニの袋をぶら提げている。

「おう。久しぶりだな」

「元気そうですね」

晴香は、笑みを浮かべながら後藤の隣の椅子に座った。

「そうでもねぇよ」

後藤は、ぼやいて頰杖をついた。

「何か事件ですか？」

「晴香ちゃんこそ、どうしたんだ？」

「実は、ちょっとトラブルがあって……」

晴香はちらりと八雲を見た。当の八雲は資料に集中しているらしく、顔を上げよう

ともしない。

「トラブルって、心霊がらみか？」

後藤が訊ねると、晴香がうなずいた。

「いつわりの樹って知ってます？」

「ああ。神社にあるやつだろ」

望月利樹が殺害された場所だ。

「友だちが、そこで女性の幽霊にとり憑かれたんです」

「いつだ？」

「昨日です」

──なるほど。

色々なことに合点がいった。

八雲は、晴香からの依頼を調査していて、あの神社に顔を出した。

同じ場所で、同じ日に起きた殺人事件と心霊現象──八雲が関連付けて考えるのもうなずける。

「やっぱり、晴香ちゃんだったか」

「やっぱりって、どういう意味ですか？」

晴香が、ふて腐れて頬を膨らます。

──トラブルメーカー。

八雲は晴香をそう揶揄する。彼女は、その人の好さから、手当たり次第にトラブルを拾ってきてしまう。

的を射ている指摘だが、晴香はいたくそのことを気にしている。

面倒に巻き込むのではなく、八雲を支える存在でありたいと思っているのだ。

――いじらしいことだ。

「何でもねぇ、気にするな」

後藤が、肩をすくめたところで八雲が顔を上げた。

「少しは、静かにできないんですか？」

不服そうに言ったあと、八雲はガリガリと寝グセだらけの髪をかいた。

腹の立つ物言いだが、いちいち気にしていたら八雲とは付き合えない。

「それで、何か分かったのか？」

後藤が訊ねると、八雲は視線を晴香に向けた。

「その前に、腹ごしらえだ」

「そうだった。はい」

晴香はコンビニの袋をテーブルの上に置いた。

八雲は、無造作に手を突っ込み、中からパンとペットボトルのお茶を取り出した。

「後藤さんも食べます？」

「悪いな」

ちょうど、腹が減っていた。晴香に促され、パンを一つ頂戴することにした。

「で、どうなんだ？」

後藤は、パンを頬張りながら、改めて八雲に訊ねた。

「君の友だちに憑いている霊は、おそらくこの資料にある小坂由香里さんに間違いない」

八雲は、そう言って、資料の中にあった写真をテーブルの上に置いた。

「どういう人なの?」

晴香が写真を覗き込む。

痩せ形で、神経質そうな顔をしているが、美人の部類に入るだろう。

「十年前に、あの神社の石段から、転落死した女だ」

後藤が答えると、晴香が口に手を当てて目を丸くした。

「転落死……」

「だが、何で事故で死んだ女が、晴香ちゃんの友だちにとり憑いたりしたんだ?」

後藤には、それが分からなかった。

「彼女の霊が、何と言っていたか、覚えているか?」

八雲が、トントンと指で写真を叩いた。

「殺してやる……」

晴香が答える。

その言葉を聞き、後藤は背筋が寒くなった。

二十三

——殺してやる。

晴香の友人に取り憑いた幽霊は、そう言っていたのだという。

後藤は、背筋が寒くなるのを感じた。

「いったい誰を殺そうってんだ？」

後藤が訊ねると、八雲が左の眉をぐいっと吊り上げた。

「それが分かれば苦労はしません」

「そりゃそうだ」

「誰を——ということより、なぜ——という疑問を先に片付けた方がいいでしょうね」

「なるほど」

確かに八雲の言う通りだ。

誰かを殺したいほど憎むからには、相応の理由があるはずだ。それが分かれば、相

手が誰かということも、自ずと見えてくるだろう。

「で、心当たりはあるのか？」

後藤が訊ねると、八雲がしかめっ面をした。

「これは、あくまで推測でしかありませんが……」

「何だ？」

「十年前の転落死が、事故ではなく、殺人だったとしたら？」

「バカ言うな！」

後藤は思わず声を荒らげた。

小坂由香里は、事故で死んだ。警察は、最終的にそう結論付けた。八雲の発言は、その判断を正面から否定するものだ。

「デカイ声を出さないで下さい」

八雲が耳に指を突っ込み、うるさいとアピールする。

「ごちゃごちゃ言うな。警察だってバカじゃない。何の根拠もなく事故だって断定するはずねぇだろ」

「資料に目を通しましたが、警察が事故だと断定しているのは、殺人であるという証拠が見つからなかったからです」

「ぐっ……」

後藤は、返す言葉が見つからなかった。

警察は、当初、殺人の可能性もありということで捜査を進めていた。だが、それを裏付ける証拠が見つからなかった。八雲の言う通りだったからだ。

つまり、消極的に事故という結論を出したのだ。

「もし、小坂由香里さんが、誰かに殺害されたのだとすると、十年経った今でも、強い憎しみを抱きながら現世を彷徨っているのもうなずけます」

「殺されたことに対する恨み……」

晴香が、胸に手を当てて苦しそうに言った。

八雲が微かにうなずく。

「だが、いったい誰が、何のために殺したっていうんだ?」

「分かりません。さっきも言いましたが、小坂由香里さんが殺されたというのは、あくまで、ぼくの推測に過ぎませんから」

「そりゃそうだけど……」

後藤は、ぐっと奥歯を噛んだ。

八雲は推測だと言うが、後藤にはそれが真実であるように思えた。

小坂由香里は、何者かに殺され、その恨みを晴らすために現世を彷徨い、晴香の友人にとり憑いた――。

後藤は何も、晴香の友人を助けるために十年前の事故を調べたわけではない。

本来の目的を忘れていることに気付いたからだ。

考えを巡らせたところで、ふと我に返り「あ!」と声を上げた。

八雲が望月利樹殺害事件と関係があるかもしれない――と言うから調べたのだ。

「それで、十年前に死んだ小坂由香里と、今回の望月利樹の殺害事件が、どうつながるんだ？」

「後藤さん。文字は読めますよね」

八雲が、汚いものでも見るような視線を後藤に向ける。

「バカにしてんのか！」

「正解」

八雲が軽い拍手を送る。

「このガキ！ 殴られてぇのか？」

「すぐに暴力に訴える。野蛮なクマですね」

「誰がクマだ」

「後藤さん以外に、誰がいるんですか」

「このガキ！」

怒鳴ってはみたものの、八雲には効き目なし。

大口を開けてあくびをしている。その横で、晴香が声を押し殺して笑っていた。

ここまでですかされると、気持ちが萎える。

「それで、どういうことか説明しろ」

後藤が話を戻すと、八雲が少しだけ目を細めた。

「小坂由香里さんの経歴を見て、何も気付きませんか？」

「あん？」

後藤は、八雲から資料を奪い取り、穴が空くほどに目を凝らす。

だが、いくらそうしたところで分からない。

「さっさと教えろ」

後藤は、資料をテーブルの上に放り投げた。

八雲が頰杖をつく。

「もったいぶるな」

後藤が言うと、八雲は心底呆れたようにため息を吐いた。

「もったいぶってるわけじゃありません。ぼくは、大人としての対応を求めているだけです」

「ああ、もう。分かったよ。お願いします。教えて下さい」

半ば自棄になりながら言う。

「態度が悪いですが、まあいいでしょう」

八雲は、軽くおどける。

一発ぶん殴ってやりたいところだが、かろうじてそれを呑み込んだ。

ここで八雲にヘソを曲げられては、先に進まなくなる。

「で、どういうことなの？」

晴香が先を促す。

「そうだ。早く教えろ」

「十年前に死んだ、小坂由香里さんと、今回殺害された望月利樹さんは、生まれ年が一緒です」

「何？」

後藤は、慌てて資料を見返した。

確かに八雲の言う通り、同じ年に生まれている。

「ついでに、出身校も同じです」

「なっ！」

資料にある小坂由香里の経歴を目で追う。

――海成高校普通科。

確かに望月利樹と同じ学校だ。

「二人は、顔見知りだったってことか……」

「おそらく」

「何てことだ……」

後藤は、みるみる血の気が引いていくようだった。

偶然と言ってしまえばそれまでだが、後藤にはそうは思えなかった。

二つの事件はつながっている——その思いが強くなっていった。

二十四

辺りはすっかり暗くなっている。

石井は、駅前の商店街をとぼとぼと歩いていた。

後藤には、色々と指示をされたが、何から手をつけていいのか分からない——という

より、何もする気になれなかった。

まだ、現実を受け止めきれていない。

「石井さん」

石井が深いため息を吐いたところで、声をかけられた。

振り返ると、土方真琴が息を切らせながら走って来るところだった。

真琴は、前の警察署長の娘で、新聞記者をしている。

グレイのパンツスーツ姿で、肩から重そうなバッグを下げている。

目鼻立ちのはっきりした凛々しい顔立ちの女性だ。

どういうわけか、真琴は石井には優しい。だが、石井は真琴を苦手としていた。

彼女が悪いわけではない。ただ、出会った状況がよくなかった。

石井が、初めて真琴に出会ったとき、彼女は死者の魂にとり憑かれていた。

今はすっかり元通りなのだが、目を剥き出し「殺してやる」と叫んだあの姿が、未

だに石井の脳裏にフラッシュバックするのだ。

「ま、真琴さん……」

石井は、引き攣った笑顔で真琴を迎えた。

「今日は、お一人なんですね」

「え、あ、はい……」

後藤のことを言っているのだろう。

コンビで動いていないことを、咎められたような気がして、しどろもどろになって

しまう。

「何かあったんですか?」

真琴が石井の顔を覗き込みながらたずねてくる。

「え?」

「浮かない顔してます」

「そ、そんなことないです」

「嘘ですね」

「え？」

「顔に書いてありますよ」

石井は、慌てて自分の顔を触る。

その様子を見て、真琴が楽しそうに笑った。

石井は、苦笑いでそれに応える。

「そうだ、石井さん。ちょっと時間ありますか？」

真琴が何かいいことを思い付いたと、パンと手を打った。

あると言えばあるし、無いと言えば無い──。

「いえ、私は……」

「じゃあ、ちょっとお茶でもしませんか？」

「え、でも……」

「いいじゃないですか。少しくらい息抜きは必要ですよ」

「しかし……」

迷っている石井を余所に、真琴はニッコリ笑ってから、スタスタと近くの喫茶店に向かって歩き始める。

石井は、まるで引き摺られるように、その後に続いた。

最初の頃は、真琴に対して、しとやかな女性というイメージを持っていたが、最近は、それも変わりつつあった。

石井とは正反対で、決断が早く、アクティブな女性なのだ。

喫茶店の扉を開けると、カランと呼び鈴が鳴った。

薄暗く、細長い店内で、入って左側がカウンター、右側に四角いテーブル席が並んでいた。

「ここでいいですか？」

「は、はい」

石井は、真琴に促され、テーブル席に着く。

壁に大きな振り子時計が掛けてあった。壊れているのか、時計の針は見当違いの時間で止まり、振り子はもう動いていない。

それを見て、石井の記憶が蘇った。

——前にも、この店に来たことがある。

高校生のときだ。ちょうど、この席だった。あのときは、まだ時計が動いていた。

向かいの席には、望月利樹がいた。

彼は言った。

──お前に頼みがある。

ズキッとこめかみが痛んだ。

──嫌だ。嫌だ。嫌だ。思い出したくない。

「大丈夫ですか？」

真琴に声をかけられた。

「はい。何でもないです」

石井は、頭を振った。

学生のバイトらしい茶髪のウェイターが注文を取りに来た。真琴が珈琲を注文した
ので、石井も同じものを頼んだ。

運ばれて来た珈琲を一口すすったところで、少しだけ気持ちが楽になった。

ふと顔を上げると、真琴がまじまじと石井の顔を見ていた。

超がつくほどの奥手である石井は、女性にじっと見つめられるという経験がない。どう対
応していいか分からず、意味もなくスプーンで珈琲をかきまぜた。

「で、何があったんですか？」

真琴の言葉に、石井はピタリと手を止めた。

どうやら真琴は、石井の相談に乗ろうというつもりらしい。

「いえ、私は何も……」

「隠したって分かりますよ」

「え？」

「石井さん、嘘がつけない人だから」

「そうですか？」

「私で良かったら、話して下さい。といっても、聞くことくらいしかできませんけど」

心の底を見透かされているようで、何だか落ち着かない気持ちになる。

真琴が肩をすくめてみせた。

「いや、しかし……」

真琴の気持ちはありがたいが、おいそれと事件にかかわる情報を話すわけにはいかない。

それに、石井自身、なぜこれほどまでに動揺しているのか分からないでいた。自分に分からない気持ちを、他人に説明できるはずもない。

気まずい沈黙が流れた。

「きっと、例の神社の事件ですね」

真琴がさらりと言った言葉に、石井は肝を冷やした。

「え？」

「被害者の男性は、石井さんの同級生だったんですよね」

「な、なぜそれを……」

石井が驚愕の表情で顔を上げると、真琴は楽しそうに笑ってみせた。

「私、一応新聞記者ですから、これくらいの情報は持ってます」

「あ、そうでしたか……」

石井は、納得しながら額の汗を拭った。

「親しかったんですか？」

「え？」

質問の意味が分からずに聞き返す。

「被害者の男性」

石井は、すぐに答えることができなかった。

なぜなら——。

二十五

——望月利樹と親しかったのか？

石井は、真琴のその質問にすぐに答えることができなかった。

前に後藤にも似たような質問をされた。そのときも、今と同じように答えに窮した。

どう答えていいのか分からなかった。

いや、そうではない。彼との関係は、石井の中で思い出したくないものだった。

「私は……それほど親しくはありませんでした……」

石井は苦笑いとともに答えた。

「そうですか」

真琴は、返事をしたものの、困ったように眉を下げる。石井の嘘など見抜いているようだった。

どうにも居心地の悪い空気から逃れるように、石井は珈琲を一気に飲み干した。

「石井さんの高校時代って、どんなだったんですか?」

真琴にたずねられ、ドキッとする。

どうと言われても困る。正直、いい想い出など一つもない。

浮かんでくるのは、嫌なことばかりだ。

「ふ、普通です。真琴さんは、どうだったんですか?」

石井は話の矛先を逸らそうと、質問を返した。

「私は……根暗な学生でした」

「そんな風には見えませんけど」

石井の正直な気持ちだった。

真琴はサバサバしていて、面倒見が良く、姐御肌（あねごはだ）な印象がある。

「父親が警察官でしたから、結構敬遠されてしまうんです」

「ああ」

真琴の父親は、現在はわけあって辞職しているが、かつては警察署長だった。

「だから、小さい頃から、友だちはほとんどいなくて、本ばかり読んでました」

「そうなんですか」

「はい。人と話すのが苦手で、ほとんど誰とも話さなかったですね」

「はあ」

石井は、学生時代の真琴をイメージしてみようとしたが、ギャップがあり過ぎて思うにいかなかった。

「影が薄かったから、クラスメイトからは、幽霊なんて呼ばれてイジメられた時期もありました。みんなが、私に近づくと呪われるって……」

真琴の口調は、おどけているようだった。

なぜ、彼女は笑っていられるのか──。

「辛（つら）くなかったですか？」

「そうですね……あのときは辛かったです。でも、今はいい想い出です」

「いい想い出？」

なぜ、そんな風に切り替えができるのか、石井には分からない。

「はい。学生時代に、嫌な経験をしたから、今があるんだって思うようにしています」

「今が……」

「はい」

真琴は大きくうなずいた。

だが、石井にはまだ理解できない。

「どういうことです？」

「あのとき、別の経験をしていたら、きっと私の人生は今とは違うものになっていたと思うんです」

「はあ……」

「きっと、新聞社には入っていないですし、石井さんに会うこともなかったと思うんですよね」

「達観してますね」

石井には、そんな風に考えることができない。

「私が、そんな風に思えるようになったのは、ある小説に出会ったからなんです」

「小説？」

「はい。『巌窟王』って読んだことありますか。その中に、こんな一節があります。

――きわめて大きな不幸を経験したもののみ、きわめて大きな幸福を感じることができるのです。生きることのいかに楽しいかを知るためには、一度死を思ってみることが必要です――」

「なるほど」

石井は声を上げた。

「何だか、恥ずかしいですね」

真琴が照れ臭そうに笑ったあと、珈琲を一口飲んだ。

彼女も、安穏と生きてきたわけではなく、様々な悩みや葛藤を抱えていたのだ――そんな当たり前のことを知るに至り、石井は妙な親近感を覚えていた。

「今度は、石井さんの番ですよ」

「え?」

「どんな学生だったんですか?」

「いや、私は、話すようなことは何も……」

言いかけたところで、柱時計が目に入った。

その途端、急速に記憶が十年の時を遡る。

――メガネザル。

耳の裏で声が聞こえた。

目の前にいるのは、真琴のはずなのに、なぜか望月利樹の顔が浮かんだ。

陰湿で、粘着質な視線で石井を睨め回している。

——違う。

石井は、ぎゅっと拳を握った。

頭に血が上る。

——おい、メガネザル。

——メガネザル。肩揉めよ。

——メガネザル。ジュース買って来い。

——何でメガネザルが服着てんだよ。脱げ。脱いで踊れ。

石井は、耳を塞いだが、次から次へと言葉が流れ込んでくる。

——メガネザル。お前は、今日からおれの奴隷な。

息が詰まる。

流れ出した汗が止まらない。

——嫌だ。嫌だ。嫌だ。

「嫌だ！」

石井は声を上げ、必死に首を振る。

暗く深い穴の中に、真っ逆さまに落ちていくようだった。

「石井さん」

その声で、石井は辛うじて意識をつなぎ止めることができた。

目を開くと、真琴が心配そうに石井を覗き込みながら、手を握ってくれていた。

「大丈夫ですか？」

真琴の言葉が温かかった。

「あ、はい」

「ごめんなさい。私、嫌なこときいてしまいましたね」

「いえ……私はただ……」

石井は大きく深呼吸をした。

――自分は、真琴のように考えられない。

それを改めて痛感した。

心に負った傷は、何年たっても癒されるものではない。

ずっと怯え、逃げ続けなければならない。

だから――望月利樹を許せない。

「今日は、失礼します」

石井は、真琴に一礼すると、逃げるように立ち上がり、喫茶店を出て行った。

二十六

「分からねぇな」

後藤は、顎をさすりながら唸った。

さっきの八雲の説明で、望月利樹と、十年前に神社の石段から転落死した小坂由香里が同級生であったことは分かった。

だが、後藤が抱えている問題は、もっと別のところにある。

「何が、分からないんです？」

晴香が不思議そうに首を傾げる。

「おれが知りたいのは、誰が嘘をついているかってことだ」

「嘘？」

そういえば、彼女には今回の事件のあらましを話していなかった。

後藤は、昨晩、神社で起きたことを晴香に説明した。

今回の事件は、容疑者である松田と、目撃者である箕輪優子、そして被害者である望月利樹の証言が、それぞれ異なっている。

微妙にズレた証言は、全体像を歪め、真実を覆い隠してしまっているのだ。

「そんなことが……」

後藤の説明を聞き終えると、晴香は驚きの混じった声を上げた。

後藤は答えを求めて、八雲に目を向ける。

八雲は、相変わらずの寝ぼけ眼で、ガリガリと寝グセだらけの髪をかき回している。

「で、どうなんだ?」

後藤が、改めてたずねると、八雲がとても嫌そうな顔をした。

「どうもこうもないでしょ」

「は?」

「今の段階で、誰の証言が真実かを決めつけてしまうのは危険だと言っているんです」

八雲は、いつも曖昧な言い回しをする。

「どうしてだ?」

「そもそも、彼らは嘘をついているんですか?」

思いもかけない質問に、後藤は一瞬戸惑ってしまう。だが——。

「誰かが嘘をついていなきゃ、辻褄が合わないだろ」

興奮気味に言う後藤に対して、八雲はひどく冷たい目をしていた。

「そうとも限りません」

「何?」

「後藤さんは、どうしようもないアホですね」

「何だと？」

「身体ばっかり無駄に大きい、役立たずです」

　八雲が、小バカにしたような笑いを浮かべた。

　――真剣に話しているときに、このガキ！

「ぶっ殺すぞ！」

　後藤は、腰を浮かせて拳を振り上げた。

　八雲はその姿を見て、満足そうにうなずいてみせる。

「後藤さんは、今、ぼくに殺意を抱きましたか？」

「――は？」

　改めて、そんなことをきかれるとは思ってもみなかった。

　今まで、八雲に何度か「ぶん殴る」とか「殺す」といった発言をしたことはあるが、

それを実行に移したことはない。当然だ。

　八雲とのこうしたやり取りは、一種の言葉遊びみたいなものだ。

「そんなわけねぇだろ」

　後藤が否定すると、八雲はニヤリと笑う。

　――何がおかしい？

「後藤さんが、そのつもりがなくても、他の人はどう思うでしょう？」

「そうか！」

八雲の言っている意味が分かったらしく、晴香が声を上げた。

だが、後藤には分からない。

「どういうことだ？」

「今の状況を、別の角度から説明すると、刑事課の刑事が、大学の学生の暴言に腹を立て、『ぶっ殺すぞ！』と拳を振り上げて脅した――となるんです。もし、ぼくが警察に訴えたら、脅迫罪になるかもしれませんね」

「屁理屈を……」

後藤は、ギリギリと奥歯を噛む。

「屁理屈ではありません。後藤さんが、『ぶっ殺すぞ！』と言ったのは事実です」

「そりゃそうだが……」

「ぼくは、それに恐怖を感じませんでしたが、中には刑事にそんなことを言われたら、震え上がる人もいるでしょう」

「恐怖ねぇ……」

後藤は、自らの握り拳に目を向けた。

何となくではあるが、八雲の言わんとしていることが分かってきた。

「つまり、後藤さんが脅したつもりはなくても、そう感じてしまう人もいるんです」

「そりゃそうだが、今回のこととは、関係ないだろ」

「あるんです」

八雲がきっぱりと言う。

「どういう意味だ？」

「さっきの例のように、ものの見方によって、その内容は変わってしまいます。しか

し、それが嘘か——と言われると、そうではありません」

「そういうことか……」

後藤にも、ようやく合点がいった。

証言のズレは、嘘ではなく、ものの見方の違いである可能性もある——と言いたい

のだろう。

言われてみれば、そうかもしれない。

「何か、難しい話だね」

晴香が眉を寄せ、頬杖をついた。

「難しくはないさ。そういう見解の相違から、様々な事件が起きている」

「そうだな」

後藤は、同意した。

今回のことに限らず、八雲の言うように、認識の違いから発生する事件は意外と多い。

ストーカーなどとは、最たるものだ。

被害に遭う者からしてみれば、嫌がらせとしか思えないのだが、やっている方から

すれば、純粋な愛情表現なのだ。

「それに、証言の中に嘘があって、それを見極めたいのだとしたら……」

八雲が、そこまで言って、一度言葉を切った。

沈黙が流れる。

後藤は、息を呑んで次の言葉を待った。

「誰が？ ではなく、どこが？ を見極めた方がいい」

八雲は、ゆっくりと口にすると、遠くを見るように目を細めた。

「どういう意味だ？」

後藤がたずねると、八雲が呆れたように鼻を鳴らした。

「言葉通りです。誰かの証言に嘘があったとしても、その人の証言全てが嘘ではない

ということです」

――なるほど。

後藤は、納得すると同時に、疑問を抱いた。

「で、どうすれば、それを見極められるんだ？」

「それが分かったら、誰も苦労しません」

八雲が、ピシャリと言った。

——そりゃそうだ。

二十七

石井は、殺人事件の起きた神社に立っていた。

いつわりの樹の脇に、人型が描かれていた。

血溜りが、生々しく残っている。

黒いカラスが、不気味な鳴き声を上げながら飛び立った。

自宅に帰ったはずなのに、なぜここにいるのか分からなかった。とにかく帰ろう。

石井は、ゆっくりと歩き出した。

「メガネザル」

石井の背後で声がした。

聞こえないふりをした。理由は自分でも分からないが、ふり返ってはいけない気が

した。

だが、声の主はそのまま見過ごしてくれるほど甘くはなかった。

ドンと背中を蹴られた。

衝撃で、前のめりに倒れる。つんっとした痛みが鼻を抜ける。顔を上げると、そこには彼が立っていた。

――望月利樹。

ナイフで刺されて殺されたはずの男。

――なぜ、彼が？

望月は、ブレザーの制服に身を包み、両手をポケットに突っ込んだまま、ニヤニヤと笑っている。彼は、笑うとき、八重歯が覗き、小鼻がひくひくと動く。

石井は、昔から、望月のこの笑い方が嫌いだった。

嫌な笑いだ。

「何だよ。その目は」

望月が、石井の腹を蹴った。

痛みで身体をくの字に曲げる。望月は間髪を容れず、石井の髪を鷲づかみにする。ぶちぶちと音をたてて、何本も髪が抜けた。

だが、そんなことはお構いなしに、望月は石井の頭を杉の木に押しつける。

ゴンと鈍い音がした。

「お前さ、メガネザルのクセに逆らうなんて、百年早いんだよ」

「わ、私は……」

自然と声が震えてしまう。

「あ！」

望月が、驚いたような声を上げて、石井から手を離した。見ると、望月の制服の襟に、血が付いていた。

石井が鼻に手を当てると、ぬるぬると湿った感触があった。鼻血が出ているらしい。

「お前さ。どうしてくれんだよ。汚れただろ」

望月が、舌打ちしながら睨む。

鼻血が出たのは、石井のせいではない。望月が蹴り、倒れて鼻をぶつけたからだ。

だが、そんな理屈が通る相手ではない。

「ご、ごめん」

石井は、屈辱を噛み締めながら答えた。

その途端、尻を蹴られた。

「なにタメ口きいてんだよ」

彼とは、同級生のはずなのに、絶対的な力関係が存在する。

先輩と後輩──いや、それ以上のものだ。おそらく、彼は石井のことを奴隷くらいにしか思っていないだろう。

「ご、ごめんなさい」

「お前さ、そんな謝り方で、許してもらえると思ってんの?」

「え?」

「跪けよ。土下座だよ。土下座」

「わ、私は何もして……」

石井の言葉を遮るように、張り手が飛んだ。

「口ごたえすんじゃねぇよ! 死にてぇのか?」

望月の鋭い視線に射貫かれ、石井は抵抗する意志を失った。

反撃することなどできない。そうすれば何倍にもなって返ってくる。ただ、耐える

しかない。そんな不甲斐ない自分が、嫌で嫌でたまらない。だが、それが現実なのだ。

「申し訳ありませんでした」

石井は、その場に跪き、頭を下げた。

屈辱に耐える石井の耳に、笑い声が聞こえた。

嘲るような、嫌な笑い声――。

石井は、少しだけ顔を上げた。声の主は、彼女だった。

望月の隣に立ち、檻の中の動物でも見るような目を向けている。

「明日、クリーニング代として、一万円な」

望月は、そう言い残すと、彼女と一緒に歩き去って行った。

　その背中を見送る石井の胸の奥で、鬱積していた感情が爆ぜる。

「殺してやる……」

　拳を握りしめた石井は、小さく呟いた。

　──殺してやる。殺してやる。殺してやる。

　心の中で繰り返されるその呪文の言葉は、次第に増長し、遂には叫びとなって石井の口から吐き出された。

「殺してやる！」

　それと同時に、歩いていた望月と彼女が、深い闇の中に転落していく。

　一瞬、目の前がブラックアウトする。

　次に視界が開けたときには、足許に、望月が倒れていた。生気の無い目で、虚空を見つめていた。その胸には、墓標のようにナイフが突き立てられ、おびただしい量の血が流れ出している。

　──何だこれは？

　石井は、自分の両手に目をやった。

　なぜか真っ赤に染まっていた。

「あなたよ……」

　背後で、女の声がした。

石井は驚きで飛び跳ねる。怖いと思いながらも、ゆっくりと振り返る。

そこに、彼女が立っていた。

左の側頭部が陥没して、顔が血で真っ赤に染まっている。

「ひっ……」

石井は、後退る。

だが、望月の死体に躓いて転んでしまう。

彼女が、石井の耳許で囁いた。

「あなたが殺したの」

「違う……」

石井は、耳を塞いだ。

だが、それでも彼女の声が聞こえてくる。

「あなたが殺したの」

「違う。違う」

「あなたが……」

「違う！」

石井は、自らの叫び声で目を覚ましました。

汗で、身体がぐっしょりと濡れていた。

乱れた呼吸を整えるのに、ずいぶんと時間

がかかった。

――夢か。

しばらくして、石井はさっき自分が見ていたものが夢であったことを自覚した。

――だが、あれは本当に夢だったのか？

あまりにリアルな感触に石井は頭を抱えた。

答えなど出ない。いや、出す必要がないことだ。

自らに言い聞かせて立ち上がった。カーテンを開けると、澱んだ空が広がっていた。

――何か嫌なことが起きる。

そんな予感が、石井の心を支配していた。

二十八

後藤は、朝一番で、箕輪優子が勤務していた病院に足を運んだ。

彼女の職場での勤務態度について、確認するためだ。

「あの……」

正面玄関を入ったところで、隣を歩く石井が、不安げな声を上げた。

普段から、オドオドしている石井だが、今日はいつにも増して、何かに怯えている

ように見える。　顔色もあまりよくない。

「何だ？」

「アポイントも取らずに、大丈夫でしょうか？」

「聞き込みに、いちいちアポなんて取ってたら、捜査が進まねぇだろ」

後藤は、石井の脳天に拳骨を落とした。

それに事前連絡をして聞き込みなんかしたら、相手が身構えてしまって、情報を引き出すことも難しくなる。

「す、すみません」

石井は、情けない表情で頭をさすっている。

この調子では、いつまで経っても一人立ちはできないだろう。

後藤は、ため息をつきながら、受付に顔を出した。

「番号札をお取り下さい」

受付の中年女性が、後藤の顔も見ずに口にする。

「診察で来たんじゃねぇんだ」

後藤が言うと、その女性は驚いたように顔を上げた。

「ちょっと聞きたいことがあってな」

後藤が警察手帳を呈示すると、女性の顔はみるみる引き攣っていく。

「あの、どういったことで?」

慣れていないのだろう。声がわずかに震えている。

何かやましいことがあるわけではない。警察という権力を前にすると、たいていの人間はこういう反応を示す。

「大したことじゃない。箕輪優子って看護師がいただろ。彼女のことについて聞きたい。当時の上司を教えてほしいんだが」

「少々お待ち下さい」

彼女は早口に言うと、奥に引っ込んでいった。

しばらくして戻って来た彼女は、小児病棟のある別館のナースステーションに、笹本という看護師長がいるので、彼女にきいてほしいと口にする。

「行くぞ」

後藤は石井に声をかけ、別館へと向かった。

廊下を歩きながら窓の外に目を向けた。厚い雲が空を覆っていて、今にも雨が降り出しそうだ。

「あ!」

突然、石井が声を上げた。

後藤は、不覚にも驚いてしまう。

「何だよ」

「あ、いえ……何でもありません……」

石井は、逃げるように視線を逸らした。

どうせ石井のことだから、大したことでもないのに、無駄に驚いたのだろう。後藤

は、それ以上は追及せず、歩みを進めた。

別館の二階にあるナースステーションの前まで行くと、四十代半ばと思われる女性

が立っていた。

「あの、警察の方ですか？」

彼女は、後藤を見るなり声をかけてきた。

「あんたが、笹本さん？」

後藤がたずねると、彼女はうなずいた。

受付から連絡をもらい、後藤たちの到着を待っていたらしい。根回しが良くて助か

る。

「あの、よろしければ、こちらに」

笹本は、遠慮がちに、後藤と石井をナースステーションの隣にある部屋に入るよう

に促す。

他の人間に、聞かせたくない話があるのか、あるいは、刑事が来ていることが入院

患者に知られ、余計な混乱を招くことを恐れているのか。　話が聞けるのであれば、場所なんてどこでもいい。

後藤は笹本について、部屋に足を踏み入れた。

八畳ほどの広さの空間に、簡易ベッドが二つと、四人がけのテーブルが一つ置かれただけの、殺風景な部屋だった。

休憩室として使われているのだろう。

後藤は、石井と並んで座り、その向かいに笹本が腰を下ろした。

「今日は、箕輪優子の件で来たんだ」

後藤が切り出すと、痛みを堪えているかのような表情を浮かべた。

「結婚式目前で、あんなことになるなんて……かわいそうに……」

笹本の口は重かった。心底、哀れんでいるのが分かる。

「彼女は、今回の結婚を望んでいたのか?」

「もちろんです」

後藤の質問に、笹本は怒ったような表情になった。

なぜ、そんなことを聞くのか——と責めているように感じてしまう。

後藤は、次の質問をしてみる。

「優子は、すでに退職しているんだよな?」

「はい。結婚を機に退職しました。事件の三日ほど前です」

「専業主婦になるってことか？」

「そこまでは分かりません」

「あまり、仕事熱心ではなかったようだな」

「そんなことありません」

笹本が首を振る。

「だけど、辞めたんだろ」

「それと、これとは話が別です。彼女は、とても仕事熱心でした。小児病棟は、一般と違って、患者が子どもですから、生半可な気持ちでは勤まらないんです」

笹本は、誇らしげに口にする。

優子の仕事を褒めるというより、自らの仕事に誇りをもっているという感じだ。

「あの……優子さんは、小児病棟だったんですね」

今まで黙っていた石井が、口を開いた。

「はい」

「そうか……」

笹本の答えに、石井が満足そうにうなずく。

意味ありげな訊ね方をして、何かあると思ったのだが、それっきり口を閉ざしてし

まった。

──分からない奴だ。

後藤は、そう思いながらも質問を続ける。

「箕輪優子に、何か変わった様子はなかったのか？」

「いえ……」

すぐに否定した笹本だったが、その表情はどこかぎこちない。

──何かある。

後藤は直感した。

「どんな些細なことでもいい。知ってることを教えてくれ」

後藤は身を乗り出し、じっと笹本を見つめた。

その眼力に負けたのか、笹本が視線を逸らして語り始めた。

「実は、気になることが……」

二十九

「実は、気になることが……」

笹本は、そう言ったあと、誰かを気にするように辺りを見回した。

後ろめたさのようなものがあるのかもしれない。

「何だ？」

後藤が促すと、笹本は顎を引いて、困ったように眉を歪めた。話すべきかどうか、迷っているのだ。

「どんな些細なことでもいいんだ」

後藤が、再び促す。

「事件とは、関係ないと思うんですが……」

笹本は、慎重に前置きをする。

「構わない」

「最近、彼女の様子がちょっとおかしかったんです」

「おかしい？」

後藤は、ずいっと身を乗り出した。

「勤務態度は、基本的に真面目で、患者さんからの評判もいいんですけど……ときどき集中力を欠いていたというか、何というか……」

笹本の説明は、曖昧だった。

いろいろと気を回し過ぎて、要点が摑めない。

「事件に関係あるかどうかは、おれたちが判断する。それに、捜査上の秘密ってのも

ある。あんたが、何を言っていたかは、誰にも言わない」

後藤は苛立ちを抑えて念押しする。

それで、ようやく笹本も覚悟を決めたらしい。大きくうなずいてから、話を始めた。

「実は、このところ、ぼうっとしていることが多くなったんです」

「結婚前は、そういうことがあるんじゃないのか？」

マリッジブルーというのは、よく聞く話だ。

優子も、そういう類の精神状態にあったのかもしれない。

「私も、最初はそう思ったんですけど、それにしては、変なんです」

「変？」

「はい。声をかけても返事がなかったり、廊下で立ち尽くしていたり……」

「そういうことも、あるんじゃねぇのか？」

話を聞く限り、様子がおかしいことは分かるが、変と表現するほどのことではない

と思う。

「それだけじゃないんです」

「まだあるのか？」

「ええ。一週間ほど前ですけど、薬剤庫に入ったら、優子さんがいたんです。電気も

点けずに、真っ暗な中で、一人ですよ」

「それは……」

──不気味だ。

後藤は、喉を鳴らして唾を飲み込んだ。

「声をかけようとしたんですけど、彼女、一人でぶつぶつ話をしているんです」

「話？」

「ええ。何を言っているのかは、よく分かりませんでしたけど、まるで、目の前に誰かいるみたいで……」

「どういうことだ？」

「分かりません。とにかく、私は心配になって彼女に近づいたんです。そしたら……」

笹本が、そこまで言ってかっと目を見開いた。

「ひぃぃ！」

それに驚いて、石井が情けない声を上げる。

つい、隣にいたことさえ忘れていただけに、驚いてしまう。

「黙ってろ」

後藤は、石井に拳骨を落としてから、笹本に話の続きを促した。

笹本は、うなずいた。

「優子さんに近づいて、声をかけたんです。そしたら、急に悲鳴を上げて……」

笹本の声は、押し殺したようになった。そこまでくると、確かに変だ。

「悲鳴を上げて、どうなった?」

「意識を失ったみたいに、倒れてしまったんです」

「倒れた?」

「ええ」

「何かの病気なのか?」

「それが、一応先生に診てもらったんですけど、身体には異常がなくて……おそらくは、精神的なものだろうって……」

「それで?」

「優子さんに、カウンセリングを受けるように勧めたんですけど、こういうのって、本人の意思がないと、どうにもならないので……」

笹本は、深いため息をついた。

「そういうことは、何度もあったのか?」

「倒れたのは、私の知る限り、その一回だけでした。でも、彼女の様子がおかしいのは、他の看護師たちの間でも、噂になっていました」

——なるほど。

直接事件と関連があるかどうかは分からないが、彼女の様子が不自然だったのは確

かなようだ。

「いろいろと参考になった」

後藤は、腰を上げて石井と一緒に休憩室を出た。

優子について、新しい情報を得ることはできたが、それにより、さらに謎が深まったように思える。

「なあ、石井。お前はどう思う？」

廊下を歩きながら、石井にたずねてみた。

「さっきの話だと、優子さんの精神状態が、まともでなかったのは確かだと思います。事件当日の、彼女の証言にも不自然な点がありますし……」

石井の説明を聞き、後藤は事件直後の優子の行動を思い返した。

彼女は、婚約者である望月が目の前で刺されたあと、なぜか一度帰宅しているのだ。

普通であれば、病院なり警察なりに連絡するところだ。事件で混乱していたとしても、その場で放心しているならまだしも、帰宅というのはおかしい。

「やっぱり、優子が殺したのか……」

後藤は、意識することなく口にした。

「いや、しかし、そうなると、松田さんの証言が成立しなくなります」

すぐさま石井が口を挟む。そんなことはいちいち指摘されるまでもなく——。

「分かってる」

後藤は、石井の頭を引っぱたいた。

石井は納得できないという表情を浮かべたが、後藤はそれを無視した。

今回の事件は、分からないことが多すぎて、何だか苛々する。

「あ！」

エレベーターに乗ろうとしたところで、石井が足を止めた。

「あんたは……」

その先には、後藤の知っている人物が立っていた。

後藤がたずねると、石井が廊下の先を指差した。

「何だ？」

「あんたは……」

　　　　三十

「あんたは……」

エレベーターに乗ろうとした後藤は、思いがけない人物と顔を合わせた。

驚いたのは、向こうも同じだったようで、目を丸くしていた。

「森弥生さんですね」

隣に立っていた石井が、声を上げる。

そこにいたのは、望月殺害の容疑者である松田の元妻、弥生だった。

弥生が深々と頭を下げた。

「あんた、何でここに？」

後藤が問い質すと、弥生より先に石井が口を開いた。

「娘さんが、この病院に入院しているんですね」

「はい」

弥生が、静かにうなずいた。

「な、何？」

「やっぱり……」

驚く後藤に対して、石井はしたり顔だ。

「お前、何で分かったんだ？」

後藤は、石井にたずねる。

「何で……と言われましても……この前お会いしたときに、娘さんが入院していると聞いていたので、もしかしたら、ここかなぁと推測していただけで……」

確かに、石井の言う通りだ。

弥生から話を聞いたとき、娘が病気で入院していると言っていた。この近辺で、小

児科のある総合病院はここだけだ。少し想像を膨らませれば分かることだ。

しかし、松田の娘がこの病院に入院していたとなると——。

「あんた、箕輪優子という看護師は知ってるか？」

「はい」

弥生がうなずいた。

優子の証言では、松田とは面識がなかったことになっている。松田も、同様の証言をしている。

だが、優子が松田の娘が入院する病院の看護師だったとすると、二人には事件前から面識があった可能性が高い。

事件は、まったく違う見え方をすることになる。

「あのときは、知らなかったんです」

弥生が、蚊の鳴くような声で答えた。

「何であのとき、それを言わなかったんだ！」

後藤は、つい興奮して大きな声を出してしまった。

「は？」

「箕輪さんという看護師さんは、娘の担当ではありませんでした」

「それでも、顔くらい合わせたことはあるだろ」

「そうかもしれませんが、特に、話をしたことなどはありませんでした。正直、名前もさっき知ったくらいで……」

「それで」

「ついさっき、担当の看護師さんから聞いたんです。夫が殺したのは、この病院の看護師の婚約者だった人だって……」

弥生は、口に手を当てて声を詰まらせた。

現在、優子は、被害者の婚約者で、目撃者という扱いだ。新聞などでも、彼女の名前は報道されていない。

弥生が知らなくても、当然といえば当然だ。

だが、後藤の中では怒りが湧き上がった。

警察である自分たちが知らなかったのは、失態だ。

上層部は、すでに犯人の判明している事件として、ほとんど人員を割いていない。

明らかな人手不足で、聞き込み調査が間に合っていない。

これは、捜査の怠慢以外のなにものでもない。

「そうか。すまなかった」

後藤は、怒りを呑み込んで非礼を詫びた。

「いえ」

弥生が首を振った。

突きつけられた現実を、受け止めきれないでいるといった感じだ。

とにかく、これで松田と箕輪優子が顔見知りであった可能性が出てきた。

——お前、裏切る気か？

身柄を確保したとき、松田が優子に向かって叫んだ言葉を思い返した。松田と優子が共謀していたことも、充分に考えら

こうして接点が見つかったのだ。

れる。

「あの……」

石井が、オドオドと声をかけた。

「何でしょう？」

弥生が顔を上げる。

「娘さんの病気は何ですか？」

石井の質問に、弥生が再び顔を伏せた。

沈黙が流れた。重苦しい空気の中、弥生の言葉を待つ。

「白血病です……」

しばらくして、弥生は、絞り出すように口にした。

——白血病。

治療には相当な金がかかるだろう。その上、完治するかどうかも分からない。親と
しては、辛い立場にちがいない。

「そうだったか……」

「やっぱり私には信じられません」

「何が？」

「あの人が、人を殺したなんて……」

弥生は、きつく唇を噛んだ。

彼女はこんな状況にありながらも、夫だった松田を信じている。

松田は、こんなにも健気な妻を、そして病気の娘を放って、離婚した挙げ句、望月
を殺した。

——なぜだ？

後藤は、その答えを見出すことができなかった。分からないから、無性に腹が立つ。

「行くぞ」

後藤は、石井に声をかけてから、逃げるように階段に向かって歩き出した。

「あの、エレベーターは？」

追いかけてきた石井が声を上げる。

「うるせぇ」

後藤は、石井の脳天に拳骨を落とした。

弥生のあんな顔を見ながら、エレベーターを待つ気にはなれない。

「あの、後藤刑事」

石井が、頭をさすりながら口にする。

「何だ？」

「これから、どうするんですか？」

何でも他人任せ。石井のこういうところが、どうにも我慢ならない。

後藤は、もう一発石井に拳骨を落とす。

「どうもこうもねぇ。もう一度、松田と優子から話を聞くんだよ」

二人は、顔見知りだった可能性がある。

それを突破口にすれば、新しい情報を引き出せるかもしれない。

後藤は、ぐっと力を込めて拳を握った。

――何としても、真相を暴いてやる。

決意を新たに、後藤は歩き出した。

三十一

「おはよう」

晴香は、〈映画研究同好会〉のドアを開けた。

——あれ、いない。

定位置にある椅子に、八雲の姿はなかった。

「いないの?」

声を上げながら見回すと、部屋の隅にある寝袋がモゾモゾと動いた。まるで芋虫だ。

「八雲君」

晴香は、寝袋をつんつんと指で押す。

ようやく八雲が目を覚まし、ガリガリと寝グセだらけの髪をかきながら、身体を起こした。

「何だ。君か」

八雲は、あくびを嚙み殺しながら言う。

寝起きなので、黒い色のコンタクトレンズはしていない。鮮やかな赤い左眼は、やはり綺麗だ。

「何だはないでしょ」

八雲は、抗議する晴香を無視して、立ち上がると、冷蔵庫の中から歯ブラシを取り出し、シャカシャカとやり始める。

「それで、今日はどうするの?」

晴香は椅子に座りながらたずねた。

「ほうも、ほうもはい」

口に歯ブラシが入ったまま喋るので、何を言っているのか分からない。

「終わったらでいいよ」

晴香は頬杖を突き、八雲が身支度を終えるのを待つことにした。

しばらくして、八雲が晴香の向かいに座った。

「今、何時だ?」

「え?」

「時間を聞いてるんだ」

「九時半くらいかな?」

「もうすぐだな」

八雲は、満足そうに腕組みをしたが、晴香には何のことだか分からない。

「何が、もうすぐなの?」

晴香がたずねるのと同時に、ドアをノックする音が聞こえた。

「開いてます」

八雲が応じると、ドアが開いた。

顔を出したのは晴香も知っている人物。

彼女とは、ある事件をきっかけに知り合い、それ以来、持ちつ持たれつで、様々な

事件にかかわっている。

「真琴さん」

晴香が驚きの声を上げた。

「お久しぶりね」

真琴が、ニッコリと笑う。

彼女のこういう落ち着いた所作に、晴香は憧れてしまう。

晴香は「どうぞ」と、自分の隣に座るように促した。

「それで、どうでした？」

真琴が席に着いたところで、八雲が話を切り出した。

「ええ。頼まれたものは、手に入ったわ。それに、一通りの取材も」

「ありがとうございます」

八雲が頭を下げる。

「いいのよ。前に、助けてもらってるし」

そう言って、真琴がバッグから出したのは、青い表紙のアルバムだった。〈海成高

等学校〉という印字が確認できた。

「これは何？」

晴香がたずねると、八雲がふうっと短く息を吐いた。

「君は、昨日の話を聞いていなかったのか？」

「聞いてました」

「だったら分かるだろ」

「分かんない」

威張ることではないのだが、晴香は力強く答えた。

真琴が、口を押さえてクスクスと笑っている。八雲は、呆れたように首を左右に振った。

「君の友だちに憑いているのは、十年前に神社の石段から転落死した、小坂由香里さんという女性の霊だという話はしたな」

「うん」

「で、今になって当時の同級生である青年が、同じ神社で殺害された」

「それで、二つの事件は、関連があるかもしれないって思ったのね」

「そうだ。で、昨晩のうちに、真琴さんに頼んで、当時の卒業アルバムを入手してもらったというわけだ」

八雲が、卒業アルバムをトントンと指で叩いた。

「そうだったんだ」

「ついでに、幾つか調べものもしてもらった」

「あの程度なら、いくらでも協力しますよ」

真琴が得意そうに笑みを浮かべた。

だいたいの事情は分かったが、逆に幾つかの疑問が残った。

「小坂由香里さんという人は、卒業前に亡くなったんだよね」

「そうだ」

「だったら、卒業アルバムには載ってないんじゃない？」

「あ、それはちゃんとフォローしてあるわ」

真琴は、笑顔で言うと封筒を取り出し、その中身をテーブルの上に置いた。

そこには、学生服姿の女性が写っていた。

薄化粧をした彼女は、弾けるような笑みを浮かべていた。

「彼女が、小坂由香里さん？」

「ええ。学校の先生に頼んで、写真を探してもらったの」

真琴が説明を加える。

「そっか……」

晴香は、呟いた。

このときの小坂由香里は、自分が死ぬなんて思ってもいなかっただろう。

その件に関しては、納得したが、疑問は他にもある。

「石井さんも、同じ学校だったんだよね」

「そうだ」

八雲が答える。

「だったら、石井さんに頼んだ方が早かったんじゃない？」

「ダメだ」

即答だった。

「どうして？」

晴香は説明を求めて詰め寄る。

「私も、それは疑問でした。石井さんに頼めば、すぐに用意できたと思います。それに、当時のことを聞きだすのも、卒業生である石井さんの方が……」

「分かっています。ですが、ダメなんです」

八雲が、首を左右に振る。

その表情は、何かを思い詰めているように、沈んでいた。

「何でダメなの？」

晴香は、しつこいのを承知でたずねた。

「石井さんは、当事者だからだ」

八雲が、きっぱりと言った。

――石井さんが当事者？

晴香は、その言葉の意味を呑み込めずにいた。

三十二

「石井さんは、当事者だからだ」

八雲の放った言葉に、晴香は驚きを隠せなかった。

「それって、どういうこと？」

晴香は、やっとの思いで口にした。

「言葉通りだ。物事を正確に把握するためには、できるだけ客観的な意見が必要だ。そういう意味で、石井さんはもっとも適さない」

「そうか……」

晴香は、返事をしながら、ほっと胸を撫で下ろした。

八雲の言葉を、拡大解釈して、重く受け止めてしまっていたようだ。それは、真琴も同じだったらしく、安堵の表情を浮かべていた。

「それで、何か分かりましたか?」

八雲が、卒業アルバムをめくりながら、真琴にたずねる。

真琴は「そうでした」と、手帳を取り出し、話を始めた。

「運よく、当時の担任の先生に会うことができました。それで、いろいろときいたんですけど……」

真琴は、そこまで言って言葉を濁した。

「何です?」

八雲が、眉間に指を当てながら先を促す。

「小坂由香里さんは、当時、望月利樹さんと交際していたようなんです」

「え?」

晴香は、驚きの声を上げた。

十年前に、神社の石段から転落死した小坂由香里。その交際相手である望月利樹が、同じ場所で殺害される。

これは、もうただの偶然とは思えない。

「やっぱり、そうでしたか」

八雲が、納得したようにうなずく。

「で、これはあくまで噂なんですが、彼女は妊娠していたらしいんです」

「妊娠ですか？」

驚く晴香を見て、八雲が首を左右に振った。

「それは、噂ですね」

「何で分かるの？」

「彼女の事件の資料を見た。解剖の報告にも、そんな事実はなかった」

「誰かが、悪い噂を立てたってこと？」

「あるいは……どちらにしろ、今となっては確かめる術はない」

「そうだけど……」

「他には？」

八雲が、真琴に先を促す。

「ええ。二人は成績もいいし、人当たりも良くて、お似合いのカップルという感じだったらしいんですけど……」

真琴が、言いにくそうに唇を嚙んだ。

「学校内でイジメをしていた」

八雲が、ため息交じりに補足した。

「どうして、分かったんですか？」

真琴が、目を丸くする。

「ただの勘ですよ」

「はぁ……」

真琴は、納得していないようだったが、八雲は構わず続ける。

「ついでにいうと、イジメにあっていたのは、石井さんですね」

「どうしてそれを？」

真琴が身を乗り出す。

ここまで先読みされると、最初から知っていたとしか思えない。それは、晴香も同じだ。

「望月利樹さんが殺されてからの、石井さんの反応を見ていれば分かります」

「私……そんなことも知らないで、石井さんに余計なことをきいてしまいました……」

真琴が、寂しげに睫を伏せた。

「何で、石井さんがイジメに？」

晴香は、頭に浮かんだ疑問を口にした。

「理由なんて、何でもいいんだ」

八雲は、不機嫌そうに頬杖をついた。

「何でも？」

「そうだ。外見に目立つ特徴があるとか、運動が苦手とか……。とにかく、自分とタ

イプの違う人間を見つけ、それを排除する」

「それだけで？」

「それだけなんです」

言ったのは真琴だった。

今にも、泣き出しそうな顔をしている。もしかして、彼女も——そう思ったが、晴香は口にしなかった。

「どんなに嘆いても、それが現実なんだ」

八雲は投げやりに言った。

だが、そこには様々な想いが込められているように思えた。

八雲も、死者の魂が見えるという赤い左眼をもったばかりに、奇異の視線に晒され、苦しい想いをたくさんしてきた。

人と違う——それは、当たり前のことなのに、それを理解しない人たちがいる。

さっき、八雲はそれが現実だ——と言ったが、やはり晴香には納得できなかった。

「そんなの許せない。何とかならないの？」

「耐えるしかないんだ。ただ、じっと……少なくとも、石井さんはそうだった」

八雲は、そう言ってアルバムのある一点をポンポンと指で叩いた。

クラス全員の顔写真が並んだページで、八雲が指差した先には、高校時代の石井が

写っていた。

今より少し痩せているようだ。前髪を垂らし、少し俯き加減に写るその姿は、何か
を堪えているようにも見える。

「石井さんは、望月さんを恨んでいたんでしょうか？」

真琴が、眉を下げた。

「そう思います」

八雲は、迷うことなく口にする。

このやり取りだけ耳にすると、石井が望月を殺したようにも聞こえてしまう。

──いや、そんなはずはない。

晴香は、頭を振ってその考えを打ち消した。

「それで、妹さんの方は？」

暗くなった空気を払拭するように、八雲が咳払いをしてから切り出した。

「そうでした」

真琴が、表情を切り替えてバッグの中から、一枚の写真を取りだした。

そこには、一人の女性が写っていた。

顔は小坂由香里に似ているが、その雰囲気はまったく違っていた。自信無さそうに
俯き、今にも泣き出しそうな顔をしている。

「これは?」

「小坂由香里さんの妹だ。望月利樹さんの、婚約者でもある」

「彼女が……」

「そうだ」

「実は……当時の優子さんの担任の先生から、妙な話を聞いたんです」

真琴が、深刻な顔で口にした。

「妙な話?」

八雲が、眉間に皺を寄せる。

「ええ。彼女、ときどき身体に痣を作って、登校してきていたようです」

「痣……ですか……」

何かを思いついたらしく、八雲がぐっと目に力を込めた。

三十三

後藤は、石井と取調室に入った。

椅子に一人座っている松田は、ひどく疲れているように見えた。

肉体的というより、精神的な疲労が大きいのかもしれない。

「また、あんたか」

後藤の姿を認めるなり、松田がぼやくように言った。

ふてぶてしい態度を続けてはいるが、後藤にはそれが演技に見えてならなかった。

——本当のお前を見せろ。

後藤は、心の中で念じながら、椅子に座った。

「お前に、確認したいことがある」

「しつこいな」

松田が上目遣いに後藤を見た。

「おれは、諦めが悪いんだよ」

「そうかい」

「お前、被害者と一緒にいた箕輪優子のことは、事件当日まで知らなかった……そう言ってたな」

後藤がたずねると、一瞬だけ間があった。

「ああ」

「そうだとすると、おかしいな」

「何?」

「彼女は、お前の娘が入院している病院の、看護師だった。全く知らないってのは、

辻褄が合わねぇな」

後藤は、喋りながらも、松田の表情をつぶさに観察した。

松田は、それを察しているのか、顔を伏せたまま黙っている。

「お前、箕輪優子を知ってたんだろ」

後藤は、ぐいっと顔を寄せる。

「だからどうした？」

そう言いながら、松田が顔を上げた。

能面を貼り付けたように、表情がない。だが、それこそが、本心を心の底に隠している証拠だ。

「刑事さん。病院に行ったことあるか？」

「病院くらい、誰でもあるだろ」

「じゃあ、聞くが、そこの看護師を全部覚えているか？」

「何？」

「正直、担当でもなければ、看護師の顔なんて、覚えてねぇよ。その女が、娘の入院している病院の看護師ってだけで、知り合いだったってことにはならない」

松田の言うことには、一理ある。

だが、偶然にしてはでき過ぎているのだ。

「それだけなら、私たちも、疑いを抱いたりしません」

会話に割って入ってきたのは、石井だった。

キザったらしく、シルバーフレームのメガネを指で押し上げる。

「ほう。何か、証拠でもあるのか？」

松田は、挑戦的な視線を石井に向ける。

石井は咳払いをしてから、一枚の書類をテーブルの上に置いた。

「これは、あなたの携帯電話の通信履歴です」

「それがどうした？」

松田が、眉間に皺を寄せる。

わずかではあるが、動揺しているらしい。

「この記録によれば、病院の番号から、何度もあなたの携帯電話が着信しているんです」

「娘のことがある。病院から、電話がかかってきて、何がおかしい？」

松田は、まだ強気の姿勢を崩さない。

石井がチラリと後藤に目を向ける。後藤は、大きくうなずいてから、説明を引き継いだ。

「電話をかけた時間と、病院の勤務表を調べた。その結果、病院からお前の携帯電話

にかけている時間は、箕輪優子の勤務時間と一致するんだよ」

後藤は、通信記録の紙を、松田の眼前に突きつけた。

「偶然だろ」

松田は、後藤の手を払いのける。

そういう反応に出ることは、あらかじめ分かっている。

「残念だが、全ての時間帯が一致するのは、箕輪優子だけだったんだよ」

他の看護師の勤務時間も調べた。何回かは重なっている者もいたが、全てとなると、箕輪優子だけだった。

「たまたまだろ」

松田は、まだシラを切る。

「病院側にも、確認はとった。患者の親族に連絡するときは、通常、日誌にその記録を残しておくそうだ」

「記録……」

松田の表情が歪んだ。

どうやら、そのことは知らなかったようだ。

「ああ、そうだ。だが、その日誌の中に、お前の携帯に電話したという記録はなかった。つまり、娘の病気のことで、電話したわけじゃないってことだ」

後藤は、ドンとデスクを叩いた。

このことから、松田と優子は、病院の電話を使って、連絡を取り合っていたということになる。

優子個人の携帯電話を使わなかったのは、後々に関係が発覚しないようにするためだろう。

——さあ、次はどんな言い逃れをする？

後藤は、真っ直ぐに松田に目を向けた。

逆上するか、あるいは、泣き崩れるかと思ったが、松田の反応は意外なものだった。

肩を震わせて、クックッと笑い始めたのだ。

石井が、気持ち悪いものでも見るように、眉間に皺を寄せる。

その気持ちは、後藤も同じだ。

「何がおかしい？」

「刑事さんが、おかしくてさ」

松田が、笑いながら答える。

「は？」

「だってそうだろ。たったそれだけのことで、鬼の首をとったみたいに、得意になってさ……」

「何だと」

松田は、急に真顔に戻った。

「仮に、その優子って看護師と連絡を取っていたとして、それがどうしたんだよ」

その豹変ぶりに、後藤は思わずたじろいだ。

「お前は、優子という看護師と共謀して……」

「全部、刑事さんの憶測だろ」

松田が、後藤の言葉を遮るように言った。

「だったら、納得のいく説明をしてみろ！」

負けてはいけないと、後藤は立ち上がり、大きな声を上げた。

松田の代わりに、なぜか石井が驚いて縮こまった。

「おれは、優子って看護師に惚れてたんだ。で、婚約者が邪魔になって、神社で待ち伏せて刺した」

松田の説明は、すぐに嘘だと分かった。

「ふざけんな！　お前は、娘の病気を知ってるだろ！　娘を見捨てたりする男じゃないはずだ！」

それは、後藤の願望であったのかもしれない。

「娘が、どうなろうと、おれの知ったことじゃない……」

松田がポツリと言った。

その瞬間、後藤の中で何かが切れた。

気が付いたときには、松田に殴りかかっていた。

三十四

「てめぇ!」

後藤は、気が付いたときには、松田に殴りかかっていた。

「や、止めて下さい」

石井が、後藤の身体にしがみついた。

そのせいで、後藤の拳は松田に届くことなく、空振りに終わった。

「放せ。このボケが」

後藤は、石井を振り払う。

力のない石井は、簡単に後藤の身体を離れ、ごろごろと床を転がった。

改めて後藤は松田と向き合う。

——娘が、どうなろうと、おれの知ったことじゃない。

さっき、松田はそう言った。そのひと言が、後藤から理性を奪った。

後藤の中にあったのは、裏切られたという落胆と、怒りだった。

——何に裏切られた？

自問する。いったい、何を信じようとしていたのか。

頭に、松田の妻であった弥生の顔が浮かんだ。

おそらく、後藤が信じたかったのは、彼女の言葉だろう。

彼女は、一方的に松田に離婚を告げられた。

そのすぐ後、松田は殺人事件の容疑者になった。

そんな勝手な男を、今もなお信じている。

わざわざ警察まで足を運び、無罪だと訴えた。

松田が、どんなにふてぶてしい態度を取ろうと、弥生のためにも、真実の姿ではな

いと信じてやりたかった。

だが、それがいとも簡単に裏切られた。

——許せない。

「松田が、顔を突き出す。

「殴りたければ、殴れよ」

後藤は拳を振り上げたものの、それを振り下ろすことはできなかった。

無表情を決め込んでいる松田だが、その目は潤んでいた。涙を堪えているのが、分

かってしまった。

——なぜ、お前が泣く?

考えてみたが、その答えは出なかった。

「お前⋯⋯」

「あんたは、何も分かっちゃいない」

松田は、大きく洟をすすると、真っ直ぐに後藤を睨んだ。鬼気迫る表情だった。

「何だと?」

「全部、自分の価値観で決めつけるな。おれには、おれの生き方がある」

「何が生き方だ。偉そうに⋯⋯」

「だから、何も分かってねぇんだよ。さあ、殴れよ」

松田が、もう一度顔を後藤の前に突き出す。

「てめぇ!」

怒声を上げてみたものの、それに反して、拳の力がみるみる抜けていく。完全に呑のまれている。

「ほら、殴れよ! 殴れ!」

「クソ!」

後藤は、松田を殴るかわりに、ドンッと、デスクに拳を落とした。

じんじんと熱をもった痛みが、拳に広がっていく。

後藤は、松田を一瞥したあと、取調室を出た。

――何で、おれはこんなに苛立っている？

廊下を真っ直ぐ歩き、喫煙所に足を踏み入れた。

煙草に火を点け、煙を吸い込むと、ズシリと肺に重くのしかかる。舌にビリビリと痺れるような感覚があった。

――不味い。

だが、いくらか落ち着きを取り戻すことはできた。

松田という男が、つくづく分からない。

普通、犯罪者というのは、罪を自供した時点で、少しでも自分に有利になるように、あれこれ能書きを垂れる。だが、松田には、そういったところがない。

――やはり、何か隠しているのか？

後藤の考えを遮るように、携帯電話が着信した。

「誰だ？」

電話に出る。

〈まったく。電話の……〉

八雲だ。その先は、聞かなくても分かる。

「電話の応対を改めろって言うんだろ」

〈分かってるなら、実行して下さい〉

――相変わらず、クソ生意気なガキだ。

「うるせぇ。で、何の用だ？」

〈実は、確認してほしいことがあるんです〉

「おれは、忙しいんだ」

〈どういう言い草ですか。誰のために動いてると思ってるんですか〉

そういえば、そうだった。

八雲が、今抱えている案件は、松田の事件とも、何らかの関係があるかもしれない

ということだった。

「で、用件は何だ？」

〈まず、幾つか耳に入れておいた方がいい情報があります〉

「情報？」

〈ええ〉

八雲からもたらされた情報に、後藤は驚きを隠せなかった。

これは、いよいよ十年前のことと、今回の事件が無関係ではなさそうだ。しかし――。

「そのことを、石井は知っていたはずだよな」

後藤が疑問を口にした。

もし、意図して黙っていたのだとするなら、大きな問題だ。

〈石井さんは、十年前のことは、関係ないと考えていたんだと思います〉

「だが……」

〈くれぐれも、この件で石井さんを追及するようなことは止めて下さい〉

八雲が、後藤の言葉を遮るように言った。

「何で？」

〈真実が、引き出せなくなる──とだけ言っておきます〉

「どういう意味だ？」

〈意味は、そのうち分かります。それより、確認をお願いしたい件ですが……〉

後藤は手帳を取り出し、八雲が話す内容を書き留めた。

「これが、事件とどう関係があるんだ？」

メモを終えたところでたずねた。

〈彼女が、どういう返答をするかによります〉

「まったく……」

いつも、こうだ。肝心なことは、何も教えてくれない。

だが、捜査が行き詰まっている現状では、八雲の指示に従うしかなさそうだ。

〈確認が終わったら、報告に来て下さい〉

八雲が、さも当たり前のように言う。

「聞きたきゃ、お前が来い」

言ってみたものの、電話はすでに切れていた。

――相変わらず勝手な野郎だ。

後藤が、灰皿に煙草を放り投げたところで、喫煙所のドアが開いた。

飛び込んで来たのは、石井だった。

「ここに、いらしたんですか……」

石井が息を切らせながら言う。

「お前……」

後藤は、石井を問い質（ただ）そうとしたが、途中で言葉を呑み込んだ。八雲の言葉が、頭を過ったからだ。

「行くぞ」

後藤は、煙草をポケットに押し込み、喫煙所を出た。

「あ、あの、どちらに？」

「箕輪優子に、事情聴取するんだよ」

後藤は、そう言うと、足早に歩き始めた。

「あ、待って下さい」

石井が、慌てた様子で追いかけて来る。

――転んだ。

三十五

晴香は、麻衣の病室の前にいた。

――もう一度、彼女に会いに行こう。

真琴からの報告を受けたあと、八雲がそう言い出したのだ。

「もう一度会って、どうするの？」

「確認したいことがある」

隣に立つ八雲にたずねると、寝グセだらけの髪をガリガリとかきながら答えた。

「確認って何？」

「見てれば分かる」

きっと、これ以上きいたところで、教えてはくれないだろう。

晴香は、ドアをノックした。

返事はない。ドアを開けると、麻衣がベッドに横になっていた。目を開けてはいる

が、焦点が合っていない。

彼女は、死者の魂にとり憑かれている。

昨日より、少しやつれたように思う。何とかして、彼女を救いたいが、晴香には為

す術がない。

八雲が、ゆっくりとベッドに歩み寄り、脇に置いてある丸椅子に座った。

晴香は、胸に手を当て、じっと息を呑む。

「小坂……由香里さんですね……」

囁くように言った八雲の言葉に反応して、麻衣が視線を動かした。

「あ……あ……」

麻衣が、呻くような声を上げた。

「望月利樹さんという男性を、知っていますね」

八雲が、その名前を出した途端、麻衣の目がカッと見開かれた。

麻衣は、ふらふらと身体を起こし、八雲に向かって手を伸ばす。

その手は、八雲の首を摑んだ。

「八雲君!」

駆け寄ろうとした晴香だったが、それを制したのは八雲だった。

「ぼくは、望月利樹さんではありません」

八雲が言うと、ダラリと麻衣の手から力が抜けた。

「うっ……うぅ……」

麻衣が、苦しそうに声を上げる。

「あなたに、ききたいことがあります。あの日、何があったんですか？」

八雲は、顔を近づけ、麻衣の耳許で言う。

カサカサに乾燥している麻衣の唇が、微かに動く。

「私は……裏切られた……」

地面に響くような低い声で麻衣が言った。いや、正確には小坂由香里なのだろう。

「誰に？」

八雲がたずねる。

「あの……男だ……」

「望月利樹さんですか？」

麻衣が、呼吸を荒くする。

「私は……ずっと……待っていた……あの男を……それ……なのに……」

「彼は、来なかった」

「私は……愛して……いたのに……あの男は……」

「あの日、神社には、違う人が、来たんですね」

八雲は眉間に人差し指を当てながら言う。

「あの……サルが……」

「そのあと、あなたは、どうしたんですか？」

「私の背中を……ぐぅぅ……」

「誰かが、あなたの背中を押して、石段から突き落としたんですね」

「ぎぃぃ！」

麻衣が、獣のように叫んだ。

髪を振り乱し、手足をめちゃめちゃに動かしながら、暴れ始めた。

「ま、麻衣」

晴香は、堪らず駆け寄り、麻衣を宥めようとしたが、八雲に腕を摑まれた。

「止めろ」

「何で？」

「君が、とり憑かれるぞ」

八雲は、厳しい口調で言うと、晴香を押し戻した。

苦しんでいる友だちを見ても、何もしてやれない。

それが悔しくて、唇をきつく嚙んだ。

「あなたを突き落としたのは、誰ですか？」

八雲は、苦しんでいる麻衣を見下ろしながら口にした。

その途端、麻衣の動きがピタリと止まった。

目を剥き出し、八雲を睨む。

晴香は、ゾクッと身体を震わせた。

血走ったその目には、強い憎しみが込められていた。

「殺して……やる……」

その言葉を最後に、麻衣は力を失い、パタリと倒れた。

「麻衣」

「大丈夫。気を失っただけだ」

八雲が言った。

よく見ると、八雲の額には、びっしょりと汗が浮かんでいた。眉間に皺を寄せ、苦しそうだ。

「だ、大丈夫？」

晴香が声をかけると、八雲は壁にもたれて前髪をかき上げ、天井を仰ぎ見た。

「ああ。ちょっと強烈だった」

「強烈？」

「彼女の抱えている想いだ」

「彼女って、由香里さん?」

「そうだ。彼女が抱えているのは、とても強い憎しみだ」

それは、晴香にも分かった。

あの血走った目から、それを感じた。

「なぜ、そんなに強い憎しみを?」

晴香の質問から逃れるように、八雲は病室を出て行ってしまう。

「ちょ、ちょっと」

晴香は、慌てて八雲のあとを追いかけた。

八雲は病室の前の廊下の壁に、背中を預けて立っていた。

腕を組み、難しい顔をしている。

「やっぱり、彼女は……小坂由香里さんは、事故死ではなかった」

「え? そうなの?」

晴香は、驚きで声を上げる。

「ああ。これは、れっきとした殺人事件だ」

「それで、殺した人を憎んでいる……」

納得すると同時に、背筋がゾクリとした。

「まあ、そんなところだ」

「いったい誰が？」

晴香がたずねると、八雲が痛みを堪えるように表情を歪(ゆが)めた。

「それが、分かったら苦労しない」

そう言って、八雲はゆっくりと歩き出した。

「待ってよ」

晴香は、すぐにあとを追いかける。

八雲の背中を見ていて、分かってしまった。

おそらく、八雲は由香里を殺した犯人が分かっている。だが、今はそれを口にしたくないのだ。

――誰だろう？

考えを巡らせる晴香の頭に、八雲が前に言っていた言葉が浮かんだ。

――石井さんは、当事者だからだ。

「そんなはずない」

晴香は、頭に浮かんだ不吉な考えを、慌てて振り払った。

三十六

石井は、後藤と並んで、喫茶店のテーブル席に座っていた。

箕輪優子を待っているのだ。

後藤は、苛立たしげに煙草を吹かしている。

りと壁にかかった柱時計を見ていた。　石井は、やることがないので、ぼんや

じっと眺めていると、時間を遡っているような感覚に陥る。

あの日――望月利樹に連れて来られたあの日、石井はここで、彼にあることを頼まれた。

断ることなどできなかった。

石井と望月との間には、絶対的な主従関係が成立していたからだ。

あのとき、勇気を出して望月の申し出を断っていれば、こんなにも苦しむことはなかったかもしれない。

あの日、石井は、望月に頼まれて神社に行った。

そこで待っていたのは、一人の女性だった。

誰が待っているのか、石井は聞かされていなかった。　ただ、封筒を届けろと指示さ

れただけだった。

だから、彼女を見つけたときには驚いた。

それは彼女も同じだったようだ。彼女は、ここには望月が来ると思っていた。だが、

違った。

——なんで、メガネザルが、ここにいるのよ。

彼女は、怒りに満ちた目を石井に向けた。

「違う。私は……」

「うるせぇ！」

後藤の拳骨（げんこつ）が落ちた。

石井は、衝撃ではっと我に返る。どうやら、思い出さなくてもいい過去に、引き摺（ず）り込まれていたようだ。

「す、すみません」

石井が頭をさすりながら謝ったところで、喫茶店の扉が開き、優子が姿を現した。

約束の時間から二十分遅れての到着だ。

「お待たせしました」

会釈をする優子の目の下には隈（くま）ができていて、昨日よりはるかに疲弊しているように見える。

「いえ、どうぞ、おかけになって下さい」

石井が、向かいの席に座るように促すと、優子は再び会釈してから席に着いた。

優子は、ウェイターに紅茶を注文した。

「今日、呼び出したのは、他でもない。あんたに聞きたいことがあったんだ」

ウェイターが、優子の紅茶を運んで来たところで、後藤が話を切り出した。

優子は「何でしょう」と、か細い声で答える。

「お前、容疑者である松田のことは、知らないと言ってたな」

後藤は、灰皿に煙草を押しつけてから、優子に目を向けた。

その、威圧するような視線に、優子が表情を硬くする。

「ええ。あの日まで、知りませんでした」

「おかしいな。あいつの娘は、あんたの病院に入院してるんだよ」

「え?」

「松田美咲……知ってるだろ」

「あの人が、美咲ちゃんの……」

優子は、心底驚いているようだった。

「ああ。奴は、松田美咲の父親だ」

「そんな……」

優子は、複雑な表情を浮かべた。

「お前は知らない男が、いきなり襲って来たと証言したが、それは嘘だな」

「違います。美咲ちゃんのお父さんとは、顔を合わせたことがありません」

「惚けるな！　お前、松田を知ってたんだろ！」

後藤が、脅すような口調で言うと、優子がビクッと肩を震わせ、首を縮めた。

苛立っているのは分かるが、後藤のような口調では、言いたいことも、言えなくなってしまう。

石井は、少し落ち着くようにと後藤を宥めてから、優子と向かい合った。

「すみません。大丈夫ですか？」

石井が、たずねると優子は、コクリとうなずいた。

「あなたは、病院の電話で、松田さんと連絡をとっていましたよね」

「え？　私が？」

優子は、目を見開き、心底驚いた顔をする。

これが演技だとしたら、相当なものだと思う。

「あなたの勤務時間帯に、誰かが病院から松田さんに電話をかけているんです」

石井は、テーブルの上に通信履歴が書かれた紙を置いた。

優子は、それを手に取り、じっと眺める。

「知りません。ナースステーションの電話は、誰でも使えます。私とは限りません」

「しかし、全ての時間帯において、勤務していたのは、あなただけなんです」

「そうとは限りません。誰かが休日出勤して、使ったのかもしれません」

「誤魔化すな。ナースステーションの監視カメラの記録を調べれば、誰が電話してたのかは、一目瞭然だ」

口を挟んだのは、後藤だった。

「本当に、知らないなんです」

優子は涙声になる。

「松田は、お前に惚れてたって証言した」

後藤が追い打ちをかけるように言った。

「私、知りません……」

優子は、口を押さえて首を左右に振る。

痛々しい表情だった。

「本当のことを言え」

後藤が、さらに追及する。

「本当です」

「お前は、松田と共謀して、望月を殺したんじゃねぇのか？」

「いい加減にして下さい！」

これには、さすがに優子が感情を露わにした。

「だったら、正直に喋れ」

「私は、愛する人を殺されたんです。それなのに、共犯扱いまでされて……私は……」

その先は言葉にならなかった。

優子は、両手で顔を覆い、わっと泣き出してしまった。

後藤が、バツが悪そうに、視線を逸らした。

彼女は、嘘をついていない――根拠はないが、石井はそう感じた。

少なくとも、この件を、これ以上彼女にたずねたところで、何も話さないだろう。

「大丈夫ですか？」

石井は、優子にハンカチを差し出した。

だが、優子はそれを受け取らず、自分のバッグからハンカチを取り出し、涙を拭った。

警察の人間から、情はかけられたくない。そう主張しているようだった。

「あの、質問を変えてもいいですか？」

石井は、優子が泣き止むのを待ってから口にした。

優子は、ハンカチで涙を拭ってから、顔を上げた。　返事はなかったが、石井はそれ

を同意の返事だと理解した。

「聞きたいのは、お姉さんのことなんです」

石井が言うと、優子が目を見張った。

三十七

「聞きたいのは、お姉さんのことなんです」

石井がたずねると、目の前に座る優子が、驚いて目を見張った。

「姉の？」

「はい。あなたのお姉さんは、亡くなる前に、望月利樹さんと交際していました」

優子から、返事はなかった。

石井は、そのまま話を続ける。

「あなたは、そのことを、知っていましたか？」

視線を向けると、優子が拳を強く握りながら俯いていた。

これは、石井たちが考えた質問ではない。

後藤を通じて、八雲から指示されたものだ。この返答次第では、いろいろと状況が変わってくる。

もし、望月が死んだ姉の、かつての恋人だと知った上で近づいたのだとすると、優子にも望月に対する殺害動機が生まれる。

「知ってたのか？」

黙っている優子に業を煮やしたのか、後藤が苛立たしげに口を開く。

優子は、少しだけ顔を上げた。

その目には、憎しみにも似た暗さがあった。

「……ありません」

か細い優子の声は、石井の耳に届かなかった。

「今、何と？」

「関係ありません」

優子は、突き放すように言う。

強い語気に押され、石井は一瞬たじろいだ。

「いや、それは、そうなんですが……」

「なら、どうしてそんなことを訊くんですか？」

「いや、それは……」

「こんなの、もううんざり。帰らせて頂きます」

優子は席を立ち、喫茶店を出て行こうとする。

だが、そうはさせまいと後藤が、彼女の前に立ちふさがった。

「まだ、質問は終わってねぇ」

後藤は、優子の手首を摑んだ。

「放して下さい」

優子が抵抗する。

ウェイターが、怪訝な表情で様子を見ている。

警察に通報されてしまうのではないかと、オロオロする石井に対して、後藤はまったく動じずに話を続ける。

「答えるまで、放さない」

「姉のことは関係ありません」

「だったら、答えられるだろ」

「知ってました！」

優子は、叫ぶように言った。

「え？」

「知ってました。姉は、何度か利樹さんを家に連れてきたこともありました。だから──」

「知ってて、近づいたのか？」

「……」

後藤がたずねると、優子が鋭く睨んだ。

「いけませんか？」

「それは……」

「あの人は、毎年姉の命日に、あの神社に花を供えていたんです。私は、それをずっと見ていました。姉が死んだのは、あの人のせいじゃないのに、あの人は、ずっと花を供え続けてきたんです」

「その優しさに、心を打たれたってわけか」

後藤が皮肉交じりに言った。

「もう、いいでしょ。私、帰ります」

優子は、強引に後藤を振り切り、店を出て行ってしまった。

石井は、とてもあとを追いかける気にはなれなかった。それは、後藤も同じだったようで、舌打ちをしてから席に着いた。

「まったく。何なんだ……」

後藤がぼやくように言った。石井は「はぁ……」と、気の抜けた返事をすることしかできなかった。

「なあ、石井」

しばらくの沈黙のあと、後藤が口を開いた。

「はい」

「十年前に死んだ由香里ってのは、どんな女だったんだ?」

「私には、よく分かりません……」

石井は曖昧に答えた。

「同じクラスだったんだろ」

「いや、そうなんですが……あまり親しくはなかったので……」

「役立たずが」

後藤は、石井の頭を引っぱたいた。

「す、すみません」

石井は、苦笑いを浮かべた。

――嘘だった。

由香里のことは、よく知っている。

外見の華やかな彼女は、男子生徒の憧れの的だった。

そんな由香里と、クラスのリーダー格である望月が交際するのは、自然な流れであったように思う。

誰もが羨むお似合いのカップル――だが、石井にとっては違った。

望月と由香里は、最悪のカップルだった。二人揃って、石井のことを人として扱わ

なかった。

いつだったか、由香里が落としたペンを拾ってやったことがあった。礼を言うのが普通だ。だが、彼女の返答は違った。「私のペンを盗んだ」と言いがかりをつけたのだ。

そのあと、望月に何度も殴られた。

痛みを堪える石井を見て、由香里はヘラヘラと笑っていた。

そんなことが、毎日のように繰り返された。

石井は、二人のことを憎悪するようになっていた。

――殺してやりたい。

やがて、石井はそんなことを考えるようになっていた。

あの日もそうだった。

由香里に、蔑んだ視線を向けられたとき、石井の心の底にあるドス黒い感情が爆発した。

――私は。

石井の思考を遮るように、後藤の携帯電話が着信した。

後藤は、電話の相手に、さっきの優子との経緯を説明している。おそらく八雲なのだろう。

「行くぞ」

電話を終えた後藤は、席を立った。

「え？　どちらに？」

「来れば分かる」

後藤は、さっさと喫茶店を出ていってしまう。

石井は、慌ててあとを追いかけようとしたが、会計を済ませていないことに気付き、レジに向かう。

「嫌な女ですね」

会計を終えたところで、ウェイターが小声で言った。

「はい？」

「二股かけて、逆ギレするなんて、ろくな女じゃない。早く忘れた方がいい」

どうやら、とんだ勘違いをしているらしい。

否定しようとした石井だったが、「早くしろ！」という後藤の声に急かされ、曖昧な笑みを浮かべて店をあとにした。

三十八

　晴香は、八雲と一緒に事件の起きた神社にいた。

　高台にあるこの場所からは、街が一望できる。

　陽は沈み、街が鮮やかなオレンジ色に染まっていた。　綺麗（きれい）な場所だ。こうやっていると、殺人事件の現場とは、到底思えない。

「ねぇ、ここで何をするの？」

　晴香は、八雲に声をかけた。

　麻衣の入院している病院を出たあと、この場所に足を運んだものの、晴香はその理由を聞かされていなかった。

　八雲は標縄（しめなわ）の巻かれた杉の木に手を当て、目を閉じていた。

　まるで、その鼓動を感じているかのようだ。

　いつわりの樹と呼ばれる、この杉の木だけは、この場所で何が起きたのかを知っている。

　そう思うと、不思議な感じがした。

「聞きたいことがあるんだ」

　八雲は、ゆっくりと振り返りながら言った。

「誰に？」

「もちろん、被害者だよ」

「え?」

驚く晴香に反して、八雲は冷静だった。

無表情のまま、真っ直ぐに神社の社に向かって歩いていく。

「ここにいたんですね」

八雲は、社の前でピタリと足を止めた。

晴香には何も見えない。だが、八雲には見えているのだろう。おそらく、この場所で殺害された望月利樹という男性の魂、つまり幽霊が——。

晴香は、息を呑んでその背中を見守った。

「あなたに、聞きたいことがあります」

八雲が言った。返答はない。だが、それは晴香に聞こえないだけのことだ。おそらく、八雲の耳には、何者かの声が届いている。

「十年前、何があったんですか?」

てっきり、被害者に事件のことをたずねるのだろうと思っていた。

今回は、強盗による行きずりの殺人事件だと考えていた。だが、八雲がわざわざ十年前の話を持ち出すということは、そのことが、事件に大きく関与しているのだろう。

杉の木が、何かを訴えるように、ガサガサと揺れる。

風が吹いた。

「では、やはり石井さんが……」

八雲が、肩を落としながら言ったひと言に、晴香は敏感に反応した。

「どういうこと?」

「今は黙っててくれ」

八雲が、ピシャリと言う。

こうなると、晴香は黙っているしかない。

だが、疑問をかき消すことはできない。八雲の口ぶりからして、今回の事件に、石井が深く関わっている。

まさか、彼が犯人ということはないはずだ。そう思いたいのだが、断言できない部分もある。

事件が起きてから、彼の様子は明らかにおかしかった。

根拠はないが、何か大事なことを隠しているようでもある。

「ようやく、見えてきたよ……」

晴香の思考を遮るように、八雲がポツリと言った。

目を向けると、八雲が振り返り、ゆっくりと歩み寄って来た。

「何が見えたの?」

「誰が、嘘をついていて、誰が真実を言っているのか——それが見えてきた」

　八雲は、ふといつわりの樹に目を向けた。

「嘘をついているのは、誰なの？」

　晴香がたずねると、八雲は目を細めてニヤリと笑った。

「人間の記憶は、曖昧なんだよ」

「曖昧？」

「そうだ。主観的と言った方がいいかもしれない」

　八雲の言いたいことが、さっぱり分からない。

「どういうこと？」

「たとえば、君が友だちと想い出話をしたとしよう」

「うん」

「そういうとき、話が食い違うという経験をしたことはないか？」

「そういえば……」

　何度か、そういう経験はある。

　友だちと公園に遊びに行ったとき、晴香は曇りだったと記憶しているのに、一緒に行った友だちは晴れだったと主張する。

　同じ時間を共有したはずなのに、細かいディテールが変化しているのだ。

「それは、人間の記憶が、主観的なものだから起きるんだ」

「そうなの？」

「全てを記憶しているようで、実は都合のいいところだけを切り貼りしているんだ。時間が経過すると、さらにその記憶はねじ曲げられる」

「どうして？」

「記憶を再現するときに、想いが加わるからだ」

「想い？」

「そうだ。願望でもいいかもしれない。人は、都合の悪いことを忘れ、都合のいい部分だけを受け容れる」

「でも、それだと辻褄が合わなくなるよ」

「その通り。だから、無意識のうちに、記憶を改ざんするんだ」

「でも……」

「君だって、姉さんのことで、記憶を改ざんしていただろ」

「え？」

突然、姉の話を持ち出され、晴香は思わず息を止めた。

「君は、罪の意識から、姉さんが自分を恨んでいると決めつけていた。結果として、事故であったのに、自分が殺したようなイメージさえ持っていただろ」

「それは……」

否定できない。確かに、そういうところがあった。

そうやって、楽しかった姉との記憶を封じ込めていたのだ。

八雲が言おうとしていることは、何となく分かった。だが、今回の事件の問題は、別のところにある。

「それで、誰が嘘をついているの?」

たずねる晴香を見て、八雲が呆れたようにため息をついた。

「それを知っているのは、この樹だけだろうな」

八雲は、いつわりの樹に目を向ける。

いつの間にか、辺りは真っ暗になっていて、いつわりの樹も、昼間とは違った佇まいを見せている。

「どういうこと?」

追及する晴香から逃れるように、八雲はさっさと歩いていってしまった。

——もう。

晴香は、ふて腐れながらも、八雲のあとを追いかけた。

三十九

「邪魔するぜ」

後藤は、八雲が隠れ家にしている、大学の〈映画研究同好会〉のドアを開けた。

「誰もいないようですね」

隣にいる石井が、部屋を覗き込みながら言った。

せっかく足を運んだのに、いないのでは話にならない。

「どこほっつき歩いてんだか」

後藤は、ため息交じりに吐き出した。

――出直すか。

そう思って振り返ったところで、八雲と対面した。隣には晴香もいる。

「デカイ図体で、そんなところに立っていたら邪魔です」

八雲が冷ややかな視線を後藤に向ける。

「何だよ。あとをつけてたのか？」

「バカも休み休み言って下さい。そんなことをして、ぼくに何の得があるんですか？」

「何だと！」

「まあまあ。八雲君の言ってることを、いちいち真に受けていたら身が持ちませんよ」

割って入ったのは、晴香だった。

「そうだな」

確かに、こんな屁理屈男と、まともに言い合いをするのは愚かだ。

「とにかく、入るのか、帰るのか、はっきりして下さい」

八雲が、ガリガリと寝グセだらけの髪をかいた。

「入るに決まってるだろ」

後藤は、宣言するように言って、部屋の中に入った。

後藤は、石井と並んで腰を下ろし、その向かいに八雲と晴香が並んで座った。

「で、どうでした？」

一段落ついたところで、八雲が口にする。

自分で聞いておきながら、興味無さそうに大あくび。その態度に腹は立つが、文句を言ったところで、手痛いしっぺ返しを喰うことは目に見えている。

「箕輪優子の件だが……」

後藤は、咳払いをしてから、説明を始めた。

松田と連絡を取っていた件を追及したときの反応。それに、彼女の姉である小坂由香里と、望月利樹の件を問い質したときの反応など、できるだけ仔細に説明した。

後藤が説明を終えたあとも、八雲はしばらく、眉間に人差し指をあて、何かを考えている風だった。

「やはり、自覚症状がないのか……」

長い沈黙のあと、八雲がポツリと言った。

「どういうことだ？」

後藤は、すぐに問い質す。

「今は、答えられません」

「何だそれ？」

「分からなくていいです。ぼくは、分かってますから」

八雲は、平然と言った。

だが、後藤は落ち着いてはいられない。

「分かってるって……犯人が分かってるってことか？」

「まあ一応は」

八雲は、静かに言って鼻の頭をかいた。

「犯人は誰だ？　教えろ！」

「嫌です」

八雲は即答した。

「何だと？」

「聞こえませんでしたか？　嫌だって言ったんです」

「ふざけてんのか？」

「いいえ。ぼくは、いたって真面目です」

「じゃあ、なぜ教えない！」

後藤は興奮して、八雲の胸ぐらを摑み上げた。

だが、八雲はそれでも涼しい顔。

「後藤刑事。落ち着いて下さい」

今にも泣き出しそうな顔で、止めに入ったのは石井だった。

「これが、落ち着いていられるか」

「お気持ちは分かります。しかし……」

「うるせぇ！」

後藤は、石井の脳天に拳骨を落とした。

石井には申し訳ないが、八つ当たりしたことで、いくらか冷静さを取り戻すことができた。

「なぜ、犯人を教えない」

後藤は、椅子に座り直し、改めて八雲にたずねた。

「今回の事件は、ただ真相を看破すればいいというものではありません」

「は？」

今回に限らず、事件は、真相を暴けばそれで終わりのはずだ。

「謎を解く順番が、大事なんです」

「順番って？」

後藤より先に、晴香が口にした。

「ぼくらの目的は、誰が望月利樹を殺害したのかを突き止めることなのか？

そのひと言で、全てを悟ったのか、晴香が「あっ！」と声を上げた。

「幽霊に憑かれた、麻衣を救うこと」

晴香が、確認するように言った。

「その通り」

「こっちの事件は、どうでもいいってことか？」

後藤は、口を尖らせた。

八雲たちにとって、幽霊に憑かれた女性を救うことの方が大事かもしれない。しか

し後藤にしてみれば、犯人を突き止めることが、重要なのだ。

「そうは言ってません」

八雲が、呆れたように首を振る。

「あん？」

「幽霊に憑かれた女性を救うためには、後藤さんの追っている事件の解決は不可欠な

んです。ただ、闇雲に犯人を挙げればいいというわけではないんです」

「違うのか？」

「違います。両方を解決するためには、謎を解く順番が重要なんです」

「順番ねぇ……」

後藤は、呟くように言いながら、頬杖をついた。

「順番を間違えると、真相を引き出せなくなってしまいます」

八雲は、そう言ってニヤリと笑った。

自分一人だけ分かっている。八雲は、いつもそうだ。

その態度に腹は立つが、ここまで来たら引き返せない。

とことん付き合うしかない。

「で、どんな順番がいいんだ？」

「その前に、一つはっきりさせたいことがあります」

「何だ？」

後藤がたずねると、八雲はゆっくりと立ち上がった。

「石井さん。ちょっと、付き合ってもらえますか？」

「わ、私……ですか？」

八雲の言葉に、石井が目を丸くした。

四十

石井は、神社へと続く石段を登っていた。

暗くて足許が見えない。一歩、一歩、踏み出す足が、鉛のように重かった。

一度足を止め、顔を上げると、少し前を行く八雲の背中が見えた。

ここに足を運んだのは、石井の意思ではない。

——石井さん。ちょっと、付き合ってもらえますか？

そう言った八雲によって連れ出されたのだ。

後藤も、一緒に行くと言ったのだが、八雲がそれを制した。

彼が、何を考えているのか、石井には分からない。いや、違う。本当は分かってい

る。だから、こうも足が重いのだ。

「どうしました？」

八雲に声をかけられ、石井ははっと我に返る。

「いえ、何でもないです」

石井は苦笑いを浮かべ、再び石段を登った。

神社に着く頃には、少し息が上がっていた。

夜の神社は、しんと静まり返っていた。

八雲は、いつわりの樹と呼ばれる、大きな杉の木に歩み寄り、その幹に手を触れた。

まるで、その鼓動を確かめているようだった。

「あの……なぜ、私をここに？」

石井は、八雲の背中に向かってたずねた。

八雲がゆっくりと振り返り、石井を見た。

今は、黒いコンタクトレンズで隠している。だが、石井には、その左眼が一瞬だけ赤く光ったように見えた。

「ここでなくては、ダメなんですか？」

石井は、その迫力に耐えきれず、視線を逸らした。

石井は、足許に視線を落としたままたずねた。

「石井さんに、ききたいことがあったんです」

八雲が言った。

だが、本当はその答えは分かっていた。八雲は、今から後藤や晴香の前では、聞き難いことをたずねようとしている。

「ぼくが、知りたいのは、石井さんの過去です」

「私の過去？」

「えぇ」

「私の過去など、面白くもないです」

「そういうことではありません」

「え?」

「石井さん。十年前、この場所で、何があったんですか?」

真っ直ぐに放たれた質問に、石井ははっとなり顔を上げた。

八雲は、無表情に石井を見ていた。

――彼は、何が起きたかを知っている。

石井は、それを直感した。

全てを打ち明けてしまった方が、楽になるのは分かっている。だが、それでも心が激しく抗う。

「私には、何のことだか……」

できるだけ冷静に、惚けてみせたつもりだった。

だが、声が、手が、震えているのが自分でも分かった。

八雲は、こんなことで、誤魔化せる相手ではない。石井は、きつく唇を噛んだ。

「では、質問を変えましょう」

八雲は冷静だった。ゆっくりと石井に歩み寄る。

石井は、逃げることもできずに、喉を鳴らして息を呑み込んだ。

「メガネザル」

石井は、八雲が唐突に言った言葉に、わが耳を疑った。

「わ、私は……」

「望月利樹さんは、石井さんのことを、そう呼んでいました」

「し、知りません」

「隠す必要はありません。望月さんは、高校時代、石井さんを苛めていた」

八雲は、今までに見たことがないほど、穏やかな表情で石井を見た。

心の中で、何かが外れる音がした。

「酷い扱いでした……」

あれだけ堪えていたのに、一度口にしてしまうと、今度は歯止めが利かなくなる。

「何もしていないのに、私を見る度に目障りだと、殴ったり、蹴ったりするんです。

彼は、私のことを人だなんて、思っていなかったんです」

石井は、まくしたてるように言った。

「嫌だと、言わなかったんですか？」

八雲が言った。

そのひと言は、石井の中の怒りを増幅させた。

苛められた経験のない人は、必ずそういう言い方をする。

自分を主張しないから、苛められるのだと。現実を知らないから、そんなことが言えるのだ。

「簡単に言わないで下さい。抵抗したら、明日（あした）はもっと酷いことをされるんです。どんなに辛くても、悔しくても、ただ耐えるしかないんです」

「石井さん……」

「少なくとも、私には、嵐が過ぎるのを待つことしかできなかった」

「十年前に死んだ、小坂由香里さんも、石井さんを苛めていた一人だったんですね」

静かに言った八雲の言葉に、動きを止めた。

八雲が、そこまで知っているとは、思っていなかった。

「うっ……」

「もう、隠す必要はないです」

「私は……」

「石井さんの言う通り、黙って耐えていれば、事態が悪化することはないでしょう。

しかし、逆に現状を変えることもできません」

「分かってます……」

「だったら、今こそ変えるときです」

八雲が石井の肩に手を置いた。

なぜだろう。その手が、とても温かく、冷え切った心を溶かしていくようだった。

「私は、あの二人が心の底から憎かった……」

石井は、固く拳を握った。

八雲の言う通り、小坂由香里も石井を苛めていた一人だった。

石井のことを、人間として扱わなかった。

学校に行くのが苦痛だった。毎日のように蔑まれ、虐げられてきた。

ビクビクと、怯えながらの生活だった。

死のうと思ったこともある。逆に、殺してやろうと思ったこともある。

彼らにとっては、ただの遊びでも、石井にとっては違った。心の中に、消せない傷が残ったのだ。

あのときのことは、忘れかけていた。いや、忘れようとしていた。

それなのに――。

「石井さん。教えてくれますか。十年前、ここで何があったのか？」

八雲が、穏やかな口調で言った。

石井はその真摯な視線を受け、もう隠し通せないと覚悟を決めた。

四十一

「十年前のあの日、私は授業を終えて帰ろうとしていたんです」

石井は、静かに語り始めた。

正面に立つ八雲は、小さくうなずいて先を促す。

「校門を出たところで、望月利樹に呼び止められました」

あの日の望月利樹は、いつもと様子が違っていた。

いつものような傲慢さはなく、酷く疲れているようだった。

「彼は、私を連れて喫茶店に行きました」

あの柱時計がある喫茶店だ。

「二人だけでですか?」

八雲がたずねる。石井は、大きくうなずいてから説明を続けた。

「はい。彼は、私に封筒を渡して、これを届けるように言ったんです」

「誰にです?」

「そのときは、聞かされませんでした。行けば分かるとだけ……」

あの瞬間から、石井は嫌な予感がしていた。

だが、断ることはできなかった。それだけの意志の強さがなかったのだ。

「封筒の中身は何だったんですか?」

「そのときは、知りませんでした。中を開けたら、殺すと脅されていて……」

嘘ではない。石井が、中身を知ったのは、あとになってからだった。

「それで、石井さんはどうしたんですか?」

八雲が無表情に先を促す。

石井は、唾を飲み込んでから先を続ける。

「望月利樹に言われた通り、この神社に足を運びました……」

あのときの光景が、石井の脳裏に鮮明に蘇る。

夕闇の迫るこの神社に来ると、一人の女性がいつわりの樹の前に立っていた。それは、石井の知る人物でもあった。

── 行けば分かる。

そう言った、望月利樹の言葉の意味を、そのときになってようやく理解した。

「そこにいたのは、小坂由香里さんだったんですね」

八雲が言った。

彼は、もうそこまで分かっていたのか ── 石井は驚きつつも、うなずいて答えた。

「私は、望月利樹に言われた通り、小坂由香里に封筒を渡しました」

「それで彼女は？」

「封筒の中身を出して、顔を真っ青にしました。そして、なぜ本人が来ないのかと叫びました」

封筒の中身は、十数枚の一万円札と、手紙だった。

あのとき、石井は全てを悟った。

小坂由香里は、妊娠しているという噂があった。もちろん望月利樹の子どもだ。

石井が、小坂由香里に渡したのは、別れを告げる手紙と、中絶費用だったのだろう。

酷い男だ——そう思った。

だが、そんなことを口にできるはずもなく、石井はただそこに立ち尽くした。

「それで、小坂由香里さんは、どうしたんですか？」

八雲が目を細めた。

——その先は、言いたくない。

だが、意思に反して、言葉が出てくる。

「彼女は、私を罵りました……あんたは、人間なんかじゃない。メガネザルだって……石を投げつけられました……」

石井は、拳を固く握り、ぶるぶると身体を震わせた。

十年も経っているのに、あのときの屈辱が、昨日のことのように呼び起こされる。

「彼女は、私に『死ね！』とまで言ったんです……」

「酷いですね。石井さんは、関係ない」

「なぜ、そこまで言われなければならないんですか？」

石井の問いかけに、八雲は答えなかった。

彼が答えられないのは分かっている。だが、それでも、湧き上がった怒りと憎しみ

を、石井は抑えることができなかった。

「彼女は、ありったけの罵声を私に浴びせたあと、封筒を私に突き返して、神社を出

て行こうとしました……。私は……悔しくて……」

石井は、自らの両手に目を向けた。その手は、小刻みに震えていた。

「それで、どうしたんです？」

八雲が言う。

石井は、はっと彼に目を向けた。

「よく、分かりません。気がついたときには、神社を出て、走っていました……」

「石井さん……」

「もしかしたら、私が、彼女を、小坂由香里さんを石段から突き落としたのかも……」

「石井さん！」

八雲が、遮るように言った。

だが、石井の感情の暴走は止まらなかった。

「きっとそうだ。　私が、彼女の背中を押したんだ」

「違います」

「何も違わない。　だって、この手には、まだ感触が残ってる」

「呑まれてはいけません」

「私は、悔しかった！　あの二人が憎かった！　殺してやりたいと何度も思った！」

「石井さん」

「私は、メガネザルなんかじゃない！　ちゃんとした人間だ！　石井雄太郎だ！」

石井は、身体をよじるようにして叫んだ。

それと同時に、全身の力が抜け、膝から崩れ落ちた。

目から涙が溢れ出す。

なぜ、自分だけがこんな目に遭うのか——石井は、鬱積した感情を閉じ込めながら生きてきた。

十年前のあの日、その感情が爆発したのだ。

——私は……。

「知ってます」

耳に届いた優しい声に、石井ははっと顔を上げる。

石井の前に屈んだ八雲が、穏やかな笑みを浮かべていた。

「石井さんが、石井さんであることは、知っています」

「私は……」

「ぼくも同じです。赤い左眼が気持ち悪いと、化け物扱いをされてきました。同じ人間のはずなのに……」

八雲の目に影がさした。

──この人も、同じだったんだ。

そう感じるだけで、石井の心は少しだけ楽になった気がした。

「過去を引き摺るのは、止めましょう」

八雲がそう言って、石井に手を差し出した。

「わ、私は……」

「石井さんは、メガネザルではありません。一人の人間であり、そして今は刑事です。そうでしょ」

「は、はい……」

八雲の言う通りだ。自分は、刑事として、これ以上逃げずに、事件に立ち向かわなくてはならない。

石井は、覚悟を決めて、八雲の手を取った。

四十二

「八雲君たち、戻ってきませんね」

晴香が口にすると、正面に座る後藤が顔を上げた。

「ああ」

「何やってるんでしょうね？」

八雲が石井を連れて行ったときには、すぐに戻って来ると思っていた。

だが、気がつけばもう一時間以上経っている。

ここまで長くなると、何をしているのか気になってしまう。

「さあな」

後藤は、腕組みをして憮然とした表情で言った。

「今回の事件、石井さんが関与しているんでしょうか？」

晴香は何気なしに言ったのだが、その途端、後藤に睨まれた。

「そんなわけねぇだろ」

その声には、強い願望が込められているように思われた。

八雲は、事件に関係がないのに、わざわざ石井を呼び出したりはしない。そのこと

は、後藤も分かっているはずだ。

それでも信じたい気持ちがあるのだろう。

「そうですよね」

晴香は、苦笑いとともに答えた。

「石井は臆病が取り柄のような男だ。誰かを傷つけたりできる奴じゃねぇ」

後藤の力のこもった言葉に、晴香は胸が熱くなった。

なんだかんだ言いながらも、後藤は石井に対して深い愛情をもっているのだ。

石井が、どんなに後藤に殴られても、彼についていくのは、それが愛情の裏返しだと分かっているからだろう。

「まあ、何にしろ、分からねぇことを、考えても仕方ねぇ。おれたちは、ただ待つだけだ」

後藤は大きく伸びをした。

「そうやって、何でも他人任せにするから、成長しないんです」

文句を言いながら、部屋に入って来たのは八雲だった。

いかにも面倒臭そうに、ガリガリと寝グセだらけの髪をかく。

「あれ？　石井さんは？」

晴香は、声を上げた。

八雲が帰って来たのだから、石井も一緒だと思っていたのに、その姿は見えない。

「先に帰った」

そう言ったあと、八雲はわずかに視線を逸らした。

「何だよ。せっかく待ってたのに……」

後藤はぼやいて携帯電話を手に取る。

「どこに電話するんです？」

八雲が、椅子に座りながら訊ねる。

「どこって、石井に決まってんだろ」

「止めて下さい」

「何でだよ」

後藤がふて腐れたように、口を尖らせる。

「今日は、一人にしてやって下さい。石井さんも、苦しんでいるんです」

そう言った八雲の目は、どこか哀しげに見えた。

「どういうことだ？」

後藤が訊ねる。

「明日になれば、分かります」

八雲は静かに言うと、頰杖をついた。

石井と何を話したのか――それが気になったが、きいてはいけない雰囲気だ。

「まったく。どいつも、こいつも……」

後藤は不満げに言いながら、携帯電話をポケットに押し込み、席を立った。

だが、八雲がそれをすぐに呼び止める。

「後藤さんに、頼みたいことがあります」

「あん？」

「明日、あの神社に容疑者である松田さんと、被害者の婚約者だった、箕輪優子さんを連れて来てほしいんです」

「何でだ？」

後藤が、眉間に皺を寄せながら椅子に座り直す。

「本当に、後藤さんはバカですね」

「何だと！」

「事件を終わらせるんですよ」

八雲の放ったひと言で、後藤が目を丸くした。

「全てが分かったって口ぶりだな」

「ええ。分かりました」

「な、何だと！ どういうことか教えろ！」

「デカイ声を出さないで下さい」

興奮する後藤に対して、八雲は冷ややかだった。耳に指を突っ込み、うるさいとアピールする。

「デカイ声も出したくなる。どういうことだ？」

「焦らないでください。全ては、明日説明します」

「分かった。何とかしてみる」

後藤は鼻息荒く言い、部屋を出て行こうとドアに手をかけたところで、一度足を止めた。

「なあ、八雲」

「何です？」

「石井は……事件に関係あるのか？」

「あります」

「あいつは、断じて人を殺すような奴じゃない」

後藤が振り返り、力のこもった視線を八雲に向ける。

「知ってます」

「だったら……」

「大丈夫です。後藤さんは、信じていればいいんです」

八雲は、後藤の言葉を遮るように言った。

後藤はしばらく、真っ直ぐな視線を八雲に向けていたが、やがて「分かった」と小声で言って部屋を出て行った。

その背中を見送りながら、八雲が深いため息をつく。

「ねぇ、何があったの？」

晴香は、返答がないのを承知で、八雲に訊ねた。

八雲は、ちらっと晴香に目を向けたあと、ガリガリと髪をかく。

「いろいろだよ」

「いろいろって？」

「君たちは、せっかちだな。明日になれば分かることだ」

八雲は、人差し指を眉間に当てた。

こうなったら、いくら追及しても、八雲は答えてくれないだろう。

「本当に、明日になれば分かるのね」

「そうだ」

「分かった」

「ついでと言っては何だが、君に一つ手伝ってもらいたいことがあるんだ」

八雲が、ゆっくりと立ち上がり、ニヤリと笑った。

その笑みを見て、晴香は酷く嫌な予感がした――。

四十三

過去の重みに押し潰されそうになっていた石井は、八雲が去ったあとも、神社を立ち去ることができずにいた。

いつわりの樹にもたれ、頭を抱える。

「メガネザル」

どこからともなく、声がした。

顔を上げると、目の前に望月利樹が立っていた。

白いシャツが、血で染まっていた。それでも、彼はヘラヘラと緊張感のない笑みを浮かべていた。

「望月利樹……」

石井は、絞り出すようにその名を呼んだ。

望月の魂が目の前に現れたのか、あるいは、自らの心が生みだした幻影なのか、石井には判断がつかなかった。

――重い。

「さんをつけろよ。メガネザルのクセに生意気なんだよ」

「私は……」

「あん？　聞こえねぇな」

「わ、私はメガネザルじゃない……私は、刑事の石井雄太郎……」

「笑わせんな。一人じゃ何にもできねぇクセに」

「ち、違う……」

「何が違うんだ？　お前は、今でもおれが怖くてたまらないんだろ。一人でビビって、縮こまってる」

望月利樹の言う通りだ。

自分は、一人では何もできない臆病者だ。こんなことで、事件に向き合えるはずもない。

石井は、脱力して地面に座り込み、頭を抱えた。

不気味なくらい静かだった。

——このまま、消えてしまいたい。

石井は、そんな願望を抱いた。そうすれば、嫌なことから逃れられる。

「石井さん」

途方に暮れる石井の耳に、声が聞こえた。

　顔を上げると、息を切らせながら立っている、真琴の姿があった。

「真琴さん……どうして、ここに……」

　石井が驚くと、真琴はニッコリと笑ってみせた。

「八雲君から聞いたんです。石井さんが、ここにいるって」

「八雲氏が？」

　なぜ、八雲がわざわざ真琴に石井の居場所を伝えたのか？　そして、真琴はなぜ、わざわざ足を運んだのか？

　石井は、その答えを見つけることができなかった。

「話は、だいたい八雲君から聞きました」

　そう言って、真琴が長い睫を伏せ、憂いのある表情を浮かべた。

「そうですか……」

「石井さんも、辛い想いをしていたんですね」

「え？」

「前にも言いましたよね。私も、苛められていたことがあるんです」

　真琴は、肩をすくめた。

　そういえば、喫茶店でそんな話をした。

「真琴さんが、羨ましいです」

石井は、意識することなく口にしていた。

「羨ましい？」

「ええ」

「なぜです？」

「過去に辛いことがあっても、今はそれを乗り越えることができています。それに引き替え、私は……」

石井は、あのときの記憶に振り回され、未だにズルズルと過去を引き摺りながら生きている。

断ち切ることができたら、楽になるのだろうが、どうしてもそれができない。

「石井さんは、優し過ぎるんです」

微笑みながら言った真琴の言葉を、石井は素直に受け止めることができなかった。

「優しいわけじゃありません。私は、ただ臆病なだけです」

「同じことです」

「違います」

石井には、真琴の言葉がただの気休めに聞こえた。

優しいことと、臆病なこととは、似て非なるものだ。

「同じですよ。石井さんは、優し過ぎるから、誰かを責めることができないんです。

「だから、自分を責めてしまうんです」

「違います。口に出さなかっただけで、私は望月利樹を責めていた。彼が憎かった。

殺したいと何度も思った」

「でも、殺さなかった」

興奮する石井とは反対に、真琴は落ち着いていた。

「違う……私は、殺したかもしれないんです」

「え?」

「十年前のあの日、私は、憎しみに駆られて小坂由香里さんを、石段から突き落とし

たんだ」

石井は身をよじるようにして言った。

だが、それでも真琴は笑みを浮かべたままだった。

こうなると、石井の方が戸惑ってしまう。

「それは、石井さんではありません」

「なぜ、分かるんですか?」

真琴は、現場にいたわけではないのだ。分かるはずがない。

「分かりますよ。石井さんには、人は殺せません」

「しかし、私は彼女を憎んでいました」

「誰にでも、憎しみの感情はあります。でも、それを実行に移す人間と、そうでない人間の間には、境界があるんです」

「境界……」

「そうです。石井さんは、その境界を越えられる人ではありません」

「しかし、この手には、あのときの感触が……」

石井は自らの両手に目を向けた。

「それは、真実ですか？」

真琴が包み込むように、石井の手を握った。

その手は、少し冷たかった。だが、心の奥が、じんわりと熱をもっていくのを感じた。

「ぐっ……」

「自分で、そう思い込んでいるだけじゃないですか？」

「思い込んでいるだけ……」

「八雲君も、そう言っていました」

「八雲君が？」

「ええ。自分を責めるあまり、十年前に、由香里さんの背中を押したという幻想にとり憑かれているんだって……」

「で、でも……」

「過去の呪縛（じゅばく）を解くためには、事件と向き合うしかないんです。だから……立ち上がりましょう」

石井は、真琴に導かれるままに立ち上がった。

――逃げられない。いや、もう逃げるのは止めよう。

石井の胸に、覚悟にも似た想いが湧き上がってきた。

四十四

「どこに行くつもりだ？」

車を運転する後藤に、後部座席に座った松田が声をかけてきた。

逮捕から、一貫してふてぶてしい態度をとり続けてきた松田だが、さすがに困惑しているようだ。

「神社だよ」

後藤は短く答えた。

「神社？」

「ああ」

「神社で何をする？」

後藤は、その質問に対する答えをもっていなかった。

現場検証という名目で連れ出してはいるが、実際は八雲に頼まれたからだ。具体的なことは聞かされていない。だが──。

「事件を終わらせるんだ」

八雲は、そう言っていた。

今は、八雲のその言葉を信じるしかない。

「終わらせる？」

「ああ」

「事件は、もう終わってる。おれが、望月利樹を殺したんだ。それ以上でも、それ以下でもない」

大きく見開かれた松田の目には、強い意志が宿っているようだった。

──ああ、この目だ。

後藤は、松田から感じていた違和感の正体を悟った。

松田は、強盗目的で望月利樹を襲い、刺し殺したと証言していた。

だが、真っ直ぐな松田の目を見ていると、とても行き当たりばったりで、人を殺すような人物には思えなかった。

だから、悩みもしたし、苛立（いらだ）ちもしたのだ。

「事件は、まだ終わっちゃいない」

「終わった」

「お前が、どう言おうが、おれが納得するまで、事件は終わらせねぇ」

「あんたも、しつこいな」

松田が、呆（あき）れたように車の低い天井を仰いだ。

「刑事にとっちゃ、しつこいってのは、褒め言葉なんだよ」

「刑事ねぇ……おれは、あんたが刑事には見えない」

「何に見えるんだ？」

「さあな。何だろうな……」

松田は言ったあとに、唇を嚙（か）んだ。

それきり、松田は口を閉ざし、石像にでもなったように、じっとしていた。

後藤も、運転に集中した。

今は、あれこれ考えるのはよそう。もうすぐ、八雲が真相を導き出してくれるはずだ。

しばらくして、車は神社の石段の下に到着した。

ここからは、歩いて行くことになる。

後藤は運転席を降り、後部座席のドアを開け、松田に「出ろ」と声をかけた。

松田は、深いため息をついたあとに、後部座席を降りる。

「行くぞ」

後藤は、松田につながれた腰紐を持ち、石段を登るように促した。

松田は、一瞬だけ空を見上げ、太陽の光に、眩しそうに目を細めた。後藤には、それが何とも哀しげな表情に見えた。

後藤は、松田と一緒に石段を登って行く。

足取りが重かった。だが、この先に真実があると信じて、登り続ける。

「後藤さん。遅いです」

神社に辿り着いたところで、声が聞こえた。

目を向けると、八雲がいつわりの樹の前に立っていた。

いつもと変わらぬ寝ぼけ眼で、寝グセだらけの髪を、ガリガリとかいている。

「るせぇ。こっちだって、いろいろと準備があんだよ」

「手際が悪いから、準備に時間がかかるんです」

「うるせぇ！　余計なお世話だ！」

「デカイ声を出さなくても、聞こえますよ」

八雲は、耳に指を突っ込み、うるさいとアピール。

毎度のことながら、腹の立つガキだ。

「誰だ？」

松田が、露骨に怪訝な表情を浮かべた。

——どう説明するべきか？

後藤の迷いに反して、八雲は真っ直ぐに歩いて来て、松田の前に立った。

「松田さんですよね。初めまして。ぼくは、斉藤八雲といいます」

八雲が、丁寧に挨拶をする。

「お前も刑事か？」

松田が、困惑しながらも訊ねる。

それを受けた八雲は、無邪気な笑みを返す。

「いいえ。ぼくは刑事ではありません。ただの学生です」

八雲が、飄々と口にする。

「が、学生？」

松田は、ますます困惑しているようだ。

「そうです」

「どういうことだ？」

松田が、説明を求めて後藤に目を向ける。

——参ったな。

言い訳を考えているうちに、石段を登って来る人影が見えた。

石井と箕輪優子の二人だった。

松田は、優子を一瞥すると、一気に表情を硬くした。

一方の優子は、こぼれそうなほど、目を大きく見開き、口に手を当てて驚愕の表情を浮かべる。

「な、なぜ、あの人がここにいるんですか？」

優子が、石井に詰め寄る。

「あ、いえ、それは……その……」

石井はうまく説明ができず、オロオロしている。

「ぼくが、あなたたちを、この場所に集めたんです」

八雲が、よく通る声で言った。

「あの人は、利樹さんを殺した犯人ですよ」

優子は、矛先を八雲に向ける。

「知ってます」

八雲は冷静だった。

「じゃあ、なぜこんなことをするんです？」

「もちろん、事件を終わらせるためです」

「事件は、もう終わってる。今さら、何を言ってる」

松田が、会話に割って入った。

それを受けた八雲は、口角を吊り上げ、ニヤリと余裕の笑みを浮かべる。

「終わってはいません。それは、松田さんも分かっているでしょ」

「な、何？」

「今から、事件を終わらせるんです」

八雲はそう言うと、左眼に嵌めてある、黒いコンタクトレンズを外して顔を上げた。

「め、眼が赤い……」

真っ赤に染まった左眼を向けられ、松田が震える声で言った。

四十五

「め、眼が赤い……」

松田は、怯えた声で言った。

驚いているのは、松田だけではない。優子も、声こそ出さなかったものの、口に手を当てて目を見開いている。

「騒ぐな」

後藤は、松田を一喝したあと、八雲に目を向けた。

こういう反応をされることに慣れているのか、あるいは、感情を押し殺しているのか、八雲は、いつもと変わらず無表情だった。

「ぼくのこの左眼は、赤いだけではありません」

淡々とした口調で、八雲が語り出す。

「な、何？」

松田が、眉をひそめる。

「ぼくのこの左眼には、死者の魂、つまり幽霊が見えるんです」

「え？」

優子が、声を上げる。

「バカバカしい。何が幽霊だ。ここで、除霊でもするつもりか？」

松田が、嘲笑するように言う。

「少し、黙ってろ」

後藤は、松田を一喝する。

「どうやら、彼も来たようですね」

しばらくの沈黙のあと、八雲が視線をいつわりの樹に向けてから言った。

「彼？」

優子が首を捻る。

「望月利樹さんですよ」

「え？　でも、彼は……」

「さっきも言いました。ぼくには、死者の魂が見えるんです」

「と、利樹さんが、本当にここに？」

優子が八雲にすがるように言う。

「ええ」

「どこ、利樹さん。どこにいるの？」

声を上げながら、優子が右や左を見回しながら利樹の姿を探す。

「落ち着いてください」

たまりかねた石井が、優子をなだめている。

優子は、八雲の言葉を信じたようだ。

後藤は松田に目を向ける。彼は、眉間に皺を寄せ、難しい表情をしていた。

想定外の展開に、困惑しているのだろう。

「さて、これで全員揃いました」

八雲が、ゆっくりと全員を見回す。

「何をしようってんだ?」

松田が八雲を睨みつけながら言う。

「事件を、終わらせるんです」

「何度も言うが、事件は終わっている」

「だったら、何も怯えることはありません。あなたは、そこで見ていてください」

「な、何だと?」

「聞こえませんでしたか? そこで見ていてくれればいいと言ったんです」

二人の視線がぶつかり、火花が散ったようだった。

しばらくそうしていたが、先に視線を逸らしたのは、松田の方だった。

それを見て、満足そうに頷いた八雲は、大きく息を吸い込んでから語り出した。

「まず、最初にはっきりさせなければならないことがあります」

「何だ?」

後藤は、身を乗り出すようにして訊ねた。

「今回の事件で、誰の証言が正しくて、誰の証言が嘘だったのか……」

そう言って、八雲は人差し指を眉間に当てた。

おそらく、八雲はすでに事件の真相を看破しているのだろう。

「誰が、嘘をついていたんです?」

石井が、興奮気味に口を挟んだ。

「嘘なんてついてねぇ。事件は、もう終わったんだ」

松田が、苛立たしげに地面を蹴った。

その瞬間、八雲が松田を睨む。隣にいる後藤でも、ゾッとするほど怖い目をしていた。

「やはり、あなたから片付けた方がいいようですね」

八雲は、改めて松田と向き合う。

「何を言ってる？」

「そもそも、あなたが証言を変えるから、ややこしいことになったんです」

「証言なんて、変えてない」

松田が否定する。だが、なぜかその言葉に力がなかった。

「松田さんは、逮捕されたとき、箕輪優子さんに向かって、何と言いましたか？」

八雲が後藤に目を向ける。

後藤は、その答えをすぐに頭に思い浮かべることができた。

「裏切る気か？」

松田は、そう言ったのだ。

あの言葉は、優子と松田が共謀していたことを意味する。

だが、逮捕されたあと、松田は単独犯だったと主張した。その齟齬（そご）が、後藤を悩ま

せた問題の一つでもあった。

「違う。あれは、あの女に罪を着せようと思っただけだ」

松田が、首を左右に振る。

「それは嘘です」

八雲が断言する。

「お前に何が分かる。適当なことを言うんじゃねぇ」

松田が、八雲に摑みかかろうとする。

後藤はすぐにそれを押さえ、八雲から引き剥がした。

「騒ぐんじゃねぇ……八雲、どういうことだ?」

「松田さんの証言は、逮捕された当初のものが、正しいんです」

「違うって言ってるだろ!」

松田が、再び騒ぎ出した。

後藤は松田の足を払い、地面に押し倒した。強引なやり方ではあるが、こうでも

しないと、話が先に進まない。

「つまり、松田と優子が共謀して、望月を殺害したってことか」

「違います! 私がそんなことするはずないじゃありませんか!」

必死の形相で、叫んだのは優子だった。

押さえつけようとする石井を振り払い、後藤にすがりついて来る。

「どうして、私が愛する人を、殺さなきゃならないんですか？　私は、何もやってません！」

ぼろぼろと涙を流す優子を見て、後藤の中に迷いが生じた。

優子が嘘をついているようには思えなかったからだ。

「おい、八雲……」

後藤は、八雲に目を向ける。

八雲は深いため息をついたあと、優子の肩に手を置いた。

「分かってます。あなたは、望月さんの殺害を依頼してはいない」

語りかけるように、八雲が言った。

正反対の言葉に、後藤は我が耳を疑った。

「どういうことだ？」

四十六

「どういうことだ？」

後藤は、八雲に詰め寄った。

さっき八雲は、松田と優子は共謀していたという意味のことを言った。だが、今は優子に逆のことを言っている。

「今は、彼女のことより、松田さんの殺害動機を明らかにする方が先です」

八雲は毅然とした態度で言うと、石井に目配せをした。

その意図を察した石井は、駆け寄って来て、泣いている優子を連れて、少し離れた場所に移動する。

「松田さん。あなたが望月さんを刺した理由は、そうするように頼まれたからですね」

「知らない」

松田は、立ち上がりながら言う。

握り締めた拳が、小刻みに震えていた。

「惚けてもダメです。あなたは、頼まれたんです。そして、承諾した」

「知らないって言ってるだろ！」

松田は、声を荒らげる。

「結局は、金目当てに、望月を殺したのか？」

後藤は、疑問をぶつけた。

強盗にしろ、依頼されたにしろ、目的は同じだ。

だが、後藤には松田が金目当てに人を殺すような男にはどうしても思えない。

「望月さん殺害の報酬は、お金ではありません」

八雲が、きっぱりと言う。

「金じゃない？」

「ええ」

「じゃあ何だ？」

「娘さんの命です」

八雲の放った言葉に、後藤は強い衝撃を受けた。

それは松田も同じだったようで、啞然とした顔で八雲を見ている。

「む、娘を人質にしてたってことか？」

「正確には違いますが、まあ状況としては、似たようなものです」

「分かるように説明しろ」

後藤は、苛立ちとともに口にした。

松田の娘は、病院に入院している。人質に取れるような状況ではない。

「松田さんの娘さんは、白血病で入院しているんですよね」

「ああ」

「犯人は、松田さんにこう言って近づいたんです……私は、あなたの娘さんに適合するドナーである……と」

「なっ！」

後藤は、驚きとともに納得した。

つまり犯人は、骨髄移植を条件に、松田に望月殺害を依頼した。

八雲の言うように、それは娘を人質にとっているのと同じことだ。断れば、移植は行われず、娘は死ぬかもしれない。

「違う！　デタラメだ！」

松田が、身体をよじるようにして叫ぶ。

「あなたが否定するのは当然です。もし、依頼人が逮捕されるようなことになれば、移植は行われない。あなたは、娘さんのために、何があろうと、自分の単独犯だと主張しなければならなかった」

静かに言った八雲の言葉に、松田が顔を真っ青にした。

この反応だけで充分だ。

おそらく、八雲の言っていることは正しい。松田は、娘の骨髄移植を条件に、望月殺害を請け負ったのだ。だが──。

「逮捕されたとき、裏切る気か……って口走ったのはなぜだ？」

「そもそも、なぜ優子さんのいる前で、犯行が行われたと思いますか？」

「それは……」

「彼女が、目撃者となり、松田さんを捜査対象から外すためです」

——そういうことか。

優子が目撃者になり、適当な証言をすれば、松田を捜査対象から外すことができる。

「しかし、優子はこいつが犯人だって口にした……」

「そうです。裏切られたと思った松田さんは、とっさに『裏切る気か?』と口走ってしまった」

「だが、優子が共犯として逮捕されれば、移植は行われない。そこで、証言を覆し、単独犯ということにしたんだな」

後藤が一息に言うと、八雲が頷いた。

今まで謎だった様々なことが、腑に落ちた。

「勝手なこと言ってんじゃねぇよ!」

松田が、顔を真っ赤にして叫んだ。

「騒ぐな!」

後藤は、睨みつけながら一喝したが、それでも松田は収まらなかった。

「あの女は、関係ない! 全部、おれ一人でやったんだ!」

「お前……」

「だから、頼む。おれが、一人でやったことにしてくれ」

松田は、後藤の両肩を摑み、涙目になりながら懇願する。

「残念ですが、あなたが、いくらあがいても無駄です」

八雲が、ガリガリと寝グセだらけの髪をかきまわしながら言った。

「な、何？」

「娘さんの骨髄移植は行われません」

「ど、どういうことだ？」

「あなたは、騙されたんです。おそらく、彼女は適合者ではありません」

八雲の言葉を受けて、松田は目を丸くした。

やがて、ゆっくりと優子に目を向ける。彼女は、石井の傍らで、怯えたように身体を震わせていた。

「騙された……おれが？」

松田は、独り言のように言った。

「そうです」

八雲のひと言で、松田の表情が、一気に強張った。

「じゃあ、娘はどうなる？」

その問いかけに、八雲は黙って視線を逸らした。

松田が、ガクリと膝を落とす。

両手で顔を覆い、泣いているようだった。

この男は、娘を守ろうとした。そのために、殺人まで犯した。決して赦される（ゆる）こと

ではない。だが、その想いは分かる。

後藤が思うのと同時に、松田は優子に飛びかかっていった。

松田は、殺意のこもった視線を優子に向けた。

——まずい。

「よくも……騙（うな）るように言うと、殺意のこもった視線を優子に向けた。

松田は、唸（うな）るように言うと、殺意のこもった

「よくも……騙してくれたな……」

だが、松田はそれを強引に振り払って立ち上がる。

後藤が松田の肩に手をかける。

「松田……」

　　　　　　四十七

「よくも……騙してくれたな……」

松田は、殺意のこもった叫び声を上げたあと、優子に向かって駆け出した。

「止めろ！」

後藤は、叫びながらすぐにあとを追う。

「ちょっと、落ち着いて下さい」

石井が、優子の盾になるように松田の前に立ちふさがる。

だが、すぐに松田に突き飛ばされてしまった。

「冗談じゃねぇぞ！　おれは、何のために！　絶対に許さない！」

松田が、優子の髪を摑んだ。

「いやっ！」

優子が悲鳴を上げながら、松田から逃れようともがく。

松田が、拳を振り上げる。

もはや言葉では止められない。後藤は、松田の脇腹を力任せに蹴り上げた。

不意をつかれた松田は、優子から手を離し、横向きに倒れた。それでも、また立ち上がり、優子に襲いかかろうとする。

「逆恨みだ！　バカ野郎が！」

後藤は、松田の襟を摑み、再び地面に引き摺り倒した。

土埃にまみれながらも、松田は身体を起こして後藤を睨みつける。まるで、鬼のような形相だった。

「お前に何が分かる！　娘が死ぬんだぞ！　おれの娘が！」

松田は、涙を流しながら絶叫した。

確かに松田には、同情すべき点がある。だが、後藤は、それを許す気にはなれなかった。

「どんな理由があろうと、奪っていい命なんて、一つもねぇんだ!」

「そんなの、きれいごとだ! 自分の娘のためなら、親は何だってするんだよ!」

「だからって……」

「おれは、約束したんだ。娘と……絶対に助けてやるって……だから……」

松田は、地面に爪を立てた。

身を切るような痛みを、必死に堪えているといった感じだ。だが――。

「殺された側も、お前と同じ哀しみを背負うんだ」

後藤は、松田を見下ろしながら言った。

「他の奴なんて知ったことか。おれは、娘さえ助かれば、それでいいんだ」

「そんなだから、簡単に騙されんだよ!」

後藤は、松田の胸ぐらを摑み、強引に立たせる。

「おれは……」

「お前だって、もう分かってるだろ」

後藤は、さっきとは一転して、優しく語りかけるように言った。

松田は、力なく肩を落として項垂れた。

娘を救いたい――その気持ちは分かる。だからといって、誰かの命を犠牲にして

いはずはないのだ。

松田も、そのことは分かっていたはずだ。

だが、人間は弱い。だから、流されてしまうのだ。

「松田さん。真実を話して下さい」

しばらく経ってから、八雲が歩み寄って来た。

松田は、手でゴシゴシと涙を拭ったあと、ゆっくりと顔を上げた。

何かが吹っ切れたような顔をしていた。

「あの女に会ったのは、一週間前だった……」

松田が、優子に目を向ける。

「わ、私は知りません」

優子は、首を左右に振って否定した。だが、松田は構わず話を続ける。

「望月利樹って男を殺せば、娘の骨髄移植のドナーになってくれるって、話を持ちか

けられたんだ」

「それで、あの日、神社に行ったんですね」

八雲が言う。

「ああ。あの女に指示された通り、あの樹の陰で待っていた」

松田が、いつわりの樹を指差した。

「嘘！ そんなの嘘よ！」

優子が、髪を振り乱して騒ぎだす。

石井がそれを、必死に押さえている。

「黙れ！ 今さら逃げるつもりか？」

「知らないものは、知らないのよ」

「今は、松田さんの話を聞いているんです。 少し、黙っていて下さい」

八雲が、二人の言い合いに割って入った。

真っ直ぐに向けられた赤い左眼に臆（おく）したのか、優子は表情を引き攣らせ、口を閉ざした。

落ち着いたところで、八雲が「そのあと、どうしたんです？」と先を促す。

「おれは、言われた通りに、あの女と一緒にいる望月利樹にナイフを向けた」

「それで、刺したのか？」

後藤が訊（たず）ねると、松田は首を左右に振った。

「あの女が、邪魔をしたんだ」

「邪魔？」

「自分で、殺せと頼んでおきながら、いざナイフを向けたら、妨害しようとした。 望

月って男にも抵抗され、おれは必死だった。もみ合いになって、気がついたときには、望月って男が、腹を押さえて倒れていた……

そのときのことを思い出したのだろう。松田は、自らの両手に目を向け、ぶるぶると震えていた。

松田も、好んで人を刺したわけではない。無我夢中だったのだろう。

「そのあと、どうしたんだろう」

八雲が、目を細めながら先を促す。

「とにかく、必死に逃げた……あとで、女から連絡があるはずだったのに、音信不通だった」

「それで、現場に様子を見に行ったんですね」

八雲の言葉に、松田が頷いた。

あとは、後藤も知っての通りだ。

「どうして……どうして、そんなデタラメを言うんですか?」

声を上げたのは、優子だった。

涙を浮かべたその目は、怒りに満ちているようだった。

「自分だけ逃げようってのか? 卑怯な女だ」

松田が罵倒する。だが、優子も負けてはいない。

「本当に知りません！　いい加減なことを言わないで！」

「落ち着け！」

後藤は、声を張り上げ、二人の言い合いを制した。

松田の口から、新たに語られた証言には、説得力があるし、筋も通っている。同時に優子が嘘を言っているようにも思えなかった。

二つの証言は相反するもので、どちらかが嘘を言っているのは確実だ。

「どっちが正しい？」

後藤は、八雲に訊ねた。

八雲はガリガリと寝グセだらけの髪をかきながら、苦笑いを浮かべる。

「松田さんの証言に嘘はありません」

「じゃあ……」

「同時に、優子さんの証言も真実です」

「何？」

後藤は、八雲の言葉に我が耳を疑った。

四十八

「ど、どういうことですか?」

石井は、八雲に訊ねる。

「言葉の通りです。松田さんも、優子さんも嘘はついていないんです」

混乱する石井に対して、八雲は落ち着いていた。だが——。

「そ、そんなはずはありません」

松田は、優子に殺害を依頼されたと証言している。だが、一方の優子は、松田を知らないと言う。

双方の意見は、相反するものだ。どちらも真実であるなどあり得ない。

「そうだ! おかしいだろ!」

後藤も、賛同の声を上げながら八雲に詰め寄る。

それでも八雲は平然としていた。

「いいえ、それが成立する方法が、一つだけあるんです」

「成立する方法?」

石井は、首を捻る。

そんなことが、可能だとは到底思えない。

「はい。憑依現象です」

「憑依って……」

「つまり、優子さんには、姉である由香里さんの霊がとり憑いていたんです」

八雲が、優子を指差した。

「お姉ちゃんが……」

優子は、ビクッと肩を震わせたあと、真っ青な顔を八雲に向けた。

時間が止まったように、しばらく誰も口を開かなかった。

「バカな。十年も前に死んだ女だぞ……」

やがて後藤が、額に汗を浮かべながら言う。

「何年経とうと関係ありません。晴らされぬ想いがあれば、彷徨い続けるんです」

石井は、背筋が凍りつくような気がした。

由香里が抱えていた憎しみ——それは、おそらく自らを殺した者に対して向けられている。

「私は……」

言いかけた石井の言葉を遮るように、八雲が説明を再開する。

「小坂由香里さんは、強い憎しみを抱いていました。彼女は、誰かに背中を押され、

石段から転落死したんです」

「ぐっ……」

優子が、いたたまれないという風に、強く奥歯を嚙んだ。

「強い憎しみを抱いた由香里さんは、妹である優子さんにとり憑いたんです」

「私に……お姉ちゃんが……」

優子は、目を丸くして、自分の胸に手を当てる。

「信じられない――といった表情だ。

「ええ。お姉さんにとり憑かれたあなたは、ときどき、入れ替わっていたんです」

「そんな……そんなはずはありません!」

優子は、身を乗り出すようにして訴える。

「入れ替わっている間は、あなたは眠っているのと同じです。自覚症状はありません」

「多重人格のようなものですか?」

石井は、思いつくままに口にした。

「多重人格などの症状がある人は、人格が入れ替わっている間の記憶が全くない。故に、自らが多重人格だという自覚はないのだ。

「まあ、似たようなものです」

「そうか。最近、病院で奇行が目立っていたっていうのは、それが原因か……」

後藤が、ポンと手を打った。

看護師長が言っていた話だ。

優子の近頃のおかしな行動は、幽霊に憑依されていたから――ということだろう。

「おそらく」

八雲がうなずいてみせる。

「で、では……松田さんに会っていたのは？」

石井は、額に浮かんだ汗を拭いながら訊ねた。

「見た目は優子さんです。しかし、中身は由香里さんです」

「な、何！」

後藤が、驚きで身体を仰け反らせる。

「つ、つまり、望月利樹の殺害を依頼したのは、優子さんではなく、憑依していた由香里さんの霊だった……」

石井は、ぐちゃぐちゃになった頭の中を、どうにか整理しながら口にした。

「その通りです。ですから、優子さんは松田さんのことを知らなかったんです」

八雲が、ニヤリと笑ってみせた。

確かに八雲の言う通りなら、二人の相反する証言は、同時に真実だったことになる。

だが、石井にはまだ分からないことがあった。

「なぜ、由香里さんは、望月利樹を殺害しようとしたんですか？」

石井が訊ねると、八雲はゆっくりと石段の前まで移動し、下を覗き込んだ。

「由香里さんは、十年前、この石段から何者かに背中を押され、転落死したんです」

八雲の口調は、淡々としていた。

石井は、責められているような感覚に陥った。

その背中を押したのは、自分かもしれないのだ。

「私は……」

石井の言葉を遮るように、八雲が顔を上げた。

その赤い左眼が、なぜか哀しげだった。

「由香里さんは、自分を殺したのは、当時、恋人であった望月利樹さんだと思っていました」

「しかし、あれは……」

――私だったかもしれない。

そう言おうと思ったのだが、八雲が首を左右に振った。

「由香里さんは、望月さんだと思っていたんです」

「違います！」

優子が、拳を固く握り、声を張り上げた。

「少し、黙っていて下さい」

八雲が、優子を一瞥する。

その迫力に圧されたのか、優子は喉を鳴らして唾を飲み込み、口を閉ざした。

大きく息を吸い込んでから、八雲が説明を続ける。

「由香里さんは、自分を殺した男が、妹と結婚しようとしていることを知った。彼女からすれば、到底許すことのできない話です。憎しみを募らせた由香里さんは、優子さんと入れ替わっている短い時間の中で、松田さんに近づき、望月利樹さんの殺害を企てたんです」

説明を終えた八雲は、ガリガリと寝グセだらけの髪をかいた。

「おれは、幽霊に騙されてたっていうのか……」

松田が、啞然とした顔で言う。

「つまり今回の事件は、死んだ由香里が計画し、松田が実行した……そういうことだな」

「話を締め括るように後藤が言った。

「それは、少し違います」

後藤の意見を、八雲が即座に否定した――。

四十九

「それは、少し違います」

八雲はそう言って、細く微笑んだ。

「な、何が違うんですか?」

石井は、混乱しながらも八雲に訊ねる。

八雲はゆっくりといつわりの樹の前に歩み寄る。

そっと樹の幹を掌でなぞり、その枝を見上げる。

「お忘れですか。証言は、もう一つあるんです」

「もう一つ?」

後藤が、眉間に皺を寄せる。

石井も同じ思いだった。証言は、出揃ったはずだ。

「いったい、誰の証言ですか?」

石井は、おそるおそる八雲に訊ねる。

八雲は焦らすような間を置いたあと、左眼の下に指を当てた。

「被害者である、望月利樹さんです」

「あ！」

石井は、思わず手を打った。

望月利樹は死んでいる。石井たちは、その証言を聞くことはできない。だが、八雲は違う。

「それで」

後藤が先を促す。

八雲は、面倒臭そうにガリガリと、寝グセだらけの髪をかいたあと、口を開いた。

「望月さんは、優子さんと一緒にこの神社にいるとき、松田さんに襲われました。そして、二人は揉み合いになった……そうですね」

八雲が松田に目を向ける。

「ああ。そうだ」

松田は、すでに覚悟が決まっているのか、はっきりとした口調で答えた。

「松田さんは、そのとき望月さんをナイフで刺しました。これも、間違いないですね」

「そうだ」

松田が答える。

「松田さん。そのとき、望月さんのどこを刺したのか、覚えていますか？」

八雲の質問に、松田は困ったように眉を顰めた。

「腹……だったと思う……」

さっきまでとは違い、頼りない答えだ。

「刺したのは、一回ですか？　それとも二回ですか？」

「うっ……」

「あなたは、無我夢中で、望月さんのどこを、何回刺したのか、覚えていなかったのではないですか？」

「お前の言うとおりだ……はっきりと、覚えてはいない。血を流して倒れたのを見て、怖くなった……それで、ナイフを放り投げて逃げた……」

松田は、苦い顔をしながら、絞り出すように言った。

その説明を受けた八雲が、満足そうにうなずく。

「望月利樹さんの証言によると、松田さんが、刺したのは腹だったんです」

「へ？」

松田が、素っ頓狂な声を上げた。

「どういうことだ？」

後藤が、すかさず八雲に詰め寄る。

「今、説明しますから、デカイ声を出さないで下さい」

八雲が、耳に指を突っ込み、うるさいとアピールする。

だが、石井も同じ気持ちだった。

「教えて下さい。何があったんですか？」

「石井さん。望月さんには、胸と腹の二ヵ所に刺し傷がありましたよね」

「はい」

「どちらが致命傷ですか？」

「胸です」

石井は、即座に答えた。

腹にも傷はあったが、浅いもので、直接の死因にはつながらない。

「つまり、松田さんが現場を立ち去ったとき、望月利樹さんは、まだ生きていたんです」

「な、何！」

後藤が、またしても大声を上げる。

「だから、デカイ声を出さないで下さい」

「デカイ声も出したくなる！　どういうことだ？」

「ご、後藤刑事」

石井は、興奮する後藤をなだめるように、二人の間に割って入った。

八雲は、やれやれという風に、深いため息をついてから説明を始める。

「腹を刺された望月利樹さんは、一時的に気を失いましたが、しばらくして目を覚ましました」

そこまで言って、八雲が優子に目を向ける。

優子は、まるで小動物のように、小刻みに震えていた。

「それから、どうなった？」

後藤が先を促す。

「望月利樹さんが目を覚ましたとき、目の前にいたのは優子さんでした。彼は、彼女に助けを呼ぶように懇願しました。しかし、それは実行に移されることはありませんでした」

「望月利樹さんにしてみれば、優子さんだった。だが、その中身は、十年前に死んだ由香里の幽霊だったのだ。

「由香里さんだったから……」

石井は、喉を詰まらせながらも口にした。

八雲が顎を引いてうなずく。

「由香里さんは、松田さんが捨てていったナイフを手に取り……」

八雲が目を細めて口を閉ざした。

だが、その先は言わなくても分かる。

望月利樹の胸に、ナイフを突き立てたのだ。

だから、傷は胸と腹の二ヵ所に及んだ。そして、ナイフに、優子の指紋が付着していたのだ。

「お、おれは……殺していないのか？」

松田が、自らの両手に目を向け、掠れた声で言った。

「私は……」

優子が、震える声で言った。

「あなたは、薄々感づいていたはずです。お姉さんの霊がとり憑いていたことに」

八雲が静かに言った。

「夢だと……思ってた……」

「夢？」

石井は、じっと優子を見つめた。

「利樹さんが刺された日……お姉ちゃんが、私の前に現れて言ったの……『彼を殺せ』って……だけど、そんなの全部夢だと思ってた……」

優子の目から、ぽろぽろと涙がこぼれ出した。

「夢ではありません」

八雲が断言する。

「え？」

「由香里さんは、今、別の女性にとり憑いています」

「別の……」

「そうです。今もまだ、強い憎しみを抱き、誰かを殺そうとしています」

「私は……」

「復讐を遂げたはずの由香里さんは、今度は誰を殺そうとしているんでしょう?」

「知りません」

優子が強く首を左右に振る。

「では、本人に聞いてみましょう」

八雲が、そう言うと同時に、いつわりの樹の陰から、女が現れた——。

五十

「ひぃぃ!」

いつわりの樹の陰から突然現れた女の姿を見て、石井は飛び上がって悲鳴を上げた。

彼女は、ブレザーの学生服を着ていた。石井の通っていた学校のものだ。

髪を前に垂らし、顔をはっきりと見ることはできない。

だが、あれは——。

「小坂由香里さん……」

石井が口にすると、優子が驚愕（きょうがく）の表情を浮かべた。

「お前だ……お前を……殺してやる……」

女は、唸（うな）るような声で言いながら、ゾンビのような動きで優子に近づいていく。

「い、嫌……」

優子が、震える声を上げながら後退る。

女は、そんな優子を追いかけるように歩みを進める。

八雲は、ただ黙ってその様子を見ている。

「お前だ……お前だ……石段から、突き落として……殺した……」

女の悲痛な声が、神社に響く。

優子は、恐怖から腰が砕けたのか、その場に座り込んでしまった。

過呼吸になったのか、しゃくり上げながら、浅い呼吸を繰り返している。

──このままでは。

石井は、優子を助けようとしたが、あまりの怖さに足がすくんで動けない。

女の手が、優子の首に向かって伸びる。

「止めろ！」

叫んだのは後藤だった。

後藤は、女に向かって体当たりをする。

「きゃっ！」

悲鳴を上げて、女が倒れた。

この段階になって、石井も異変に気付いた。

実体の無い幽霊に、体当たりなどできるはずがないのだ。

「もう。痛いよ〜」

女は、さっきまでとは一転して、澄んだ声を上げながら立ち上がり、かぶっていたカツラを外した。

石井は、その顔に見覚えがあった。

「は、晴香ちゃん！」

「な、何で晴香ちゃんが？」

突き飛ばした後藤も、驚いて声を上げる。

晴香は膝をさすりながら、八雲を睨み付ける。

「何で、事前に説明してないのよ」

「言い忘れた」

怒る晴香に対して、八雲はあくびをしながら答える。

どうやら、八雲が晴香を利用して、一芝居打ったということのようだ。

「もう。最悪」

「そう言うな。効果てき面だ」

文句を言う晴香に、八雲は笑ってみせる。

何が効果てき面なのか――石井が、ふと目を向けると、優子が地面に蹲るようにして唸っていた。

「何でよ！　何でなのよ！」

優子が、顔を上げて叫んだ。

目を見開き、歯を剥き出しにしたその顔は、まるで鬼のようだった。

「だ、大丈夫ですか……」

近寄ろうとした石井だったが、優子は立ち上がり両手を振り回す。

「私が悪いんじゃない！　いけないのは、お姉ちゃんよ！」

優子は、もはや正気を失っているようだった。

「おい」

後藤が、腕を摑んだが、それを強引に振り払う。

「いっつもいい子ぶって、裏では私に暴力をふるって！　痛がってる私を見て、笑い転げて！　私が、どんな気持ちだったか分かる？」

――そうか、この人も。

石井は、胸の奥に刺さるような痛みを覚えた。

「優子さん……」

「私は、あなたが死んで、どれだけ幸せだったか分かる？　何で死んでまで邪魔するのよ！」

優子は、涙を流しながら絶叫した。

おそらく、優子は姉である由香里から、日常的に苛めを受けていたのだろう。苛めている側からすれば、それは拷問にも等しいのだ。

石井には分かる。それが、どれほど苦しい日々だったか——。

「もう、大丈夫です。だから、落ち着いて下さい」

必死に呼びかけた石井だったが、それでも爆発した優子の感情は止まらなかった。

「もう一度、殺してやる！」

優子は、叫びながら晴香に襲いかかろうとする。

石井は必死に優子を押さえつけた。

「放して！」

優子が、身体を捩って暴れる。それでも、石井は優子を放さなかった。

やがて、優子は脱力して膝から地面に崩れ落ちた。

「これは、どういうことだ？」

後藤が怪訝な表情で訊ねる。

「見たままです」

八雲は、短く答える。

「それじゃ分からん」

「優子さんは、姉の由香里さんから、家庭内で苛めにあっていたんです。憎しみを溜め込んだ優子さんは、十年前のあの日、神社の石段から由香里さんを突き落としたんです」

八雲は、一息に言ったあと、長いため息をついた。

「な、何？」

「由香里さんは、優子さんにとり憑いて望月利樹さんを殺した後、その事実に気付いたんです。それで、今度は優子さんを殺そうとしました」

「それで、麻衣にとり憑いたのね」

晴香が八雲の説明を引き継ぐように言った。

「そうだ。優子さんを殺すためには、彼女以外の誰かの身体でなくてはならない。そ

れで、たまたま近くを通りかかった君の友だちにとり憑いたというわけだ」

説明を終えた八雲は、ゆっくりと優子の許に歩み寄る。

優子が、少しだけ涙に濡れた顔を上げた。

「本当は、後悔しているんでしょ。お姉さんのこと」

八雲の声は、とても温かく優しさに満ちているようだった。

「お姉ちゃん……ごめんなさい……」

優子は、絞り出すように言ったあと、再び突っ伏して泣き始めた。

石井は、その姿を、ただ黙って見ていることしかできなかった。

「石井さん」

八雲が、石井に真っ直ぐな視線を向ける。

「は、はい」

石井は、強張った表情でそれを受け止めた。

「次は、石井さんの番です」

「私の……」

石井は、口にしながら、酷く怯えている自分に気付いた。

五十一

「次は、石井さんの番です」

そう言った八雲の言葉に、石井は不安を覚えた。

蹲ったまま嗚咽している優子の悲愴な声が、より一層石井の不安をかき立てる。

「私の……」

石井は、固唾を呑んだ。

「そうです」

八雲の鋭い眼光が向けられる。

「私は何も……」

石井の言葉を遮るように、八雲が首を左右に振った。

「これで分かったでしょ。十年前、小坂由香里さんの背中を押したのは、石井さんではありません」

八雲は、はっきりとした口調で言ったあと、柔らかい笑みを浮かべた。

確かに、さきほどの八雲の謎解きで、背中を押したのは優子であったことが明らかになった。

だが、それでも石井の中に、もやもやとした影がまとわりついている。

「本当に、そうでしょうか？　私のこの手には、彼女の背中を押した感触が残ってい

る気がするんです……」

石井は自らの両手に目を向けた。

「錯覚です」

八雲が、決然と言う。

そう言われてしまえば、そうなのかもしれない。だが――。

「たとえ、実行に移したのが、私でなかったとしても、あの一瞬、彼女に殺意をもったのは事実です。だから、私も同罪なんです」

石井は、一息に言った。

全力疾走をしたあとのように、呼吸が乱れた。

そんな石井を見て、八雲は笑った。

「石井さんは、真面目過ぎるんです」

「私は……」

「憎しみを抱くことなら、誰にでもあります」

「しかし……」

「それに、今は違うんでしょ」

八雲が石井の肩に手を置いた。

その途端、張り詰めていたものが、ガラガラと音をたてて崩れ落ちていくような気がした。

「私は……望月利樹と小坂由香里が嫌いだった。憎くて仕方なかった。何で、こんな

仕打ちをするのか……殺してやろうって、何度も思った……」

石井は、強く拳を握った。血が上り、顔が真っ赤になるのが、自分でも分かった。

「石井さん」

八雲が、掠れた声で言う。

「今でも二人のことが嫌いです！」

石井は、空を見上げて叫んだ。

辺りが静寂に包まれる。

どれほどそうしていたのだろう。気がつくと、目の前に望月利樹が立っていた。

それが、目の錯覚なのか、実際に彼の魂がそこにいたのか分からなかった。

だが、それでも石井は目の前の望月利樹に、真っ直ぐに目を向けた。

不思議と恐怖を感じることはなかった。

「私は、メガネザルじゃない。刑事の石井雄太郎だ」

石井が宣言するように言うと、目の前の望月利樹の表情が歪んだ。

「偉そうに。お前は……」

「私は、刑事になって分かったんです！　憎しみは何も生み出さない！　だから！」

石井は、望月利樹の言葉を遮るように言った。

目の前に立っていた望月利樹が、まるで風景に溶け込むように消えていった。

見えなくなる寸前、石井には少しだけ彼が笑ったように見えた。

「聞こえましたか？」

呆然（ぼうぜん）としている石井に、八雲が声をかけてきた。

「え？」

「望月さんが、石井さんに、ありがとうって……」

――ありがとう？

石井には、その意味が分からなかった。

「私は、礼を言われるようなことは何も……」

「たぶん、すまなかった――って意味だと思いますよ」

八雲が、涼やかな表情で言った。

だが、石井には、どちらの言葉も、違うように思う。本当は――。

「じゃあ、後始末はお願いします」

八雲は石井の思考を遮るように言うと、さっさと歩いていってしまう。

「ちょ、ちょっと待ってよ」

晴香も、慌てた様子でそのあとを追いかけていく。

「まったく。勝手な野郎だ」

後藤は、腰に手を当てて不満を口にしながらも、その表情はどこかほっとしている

ようだった。

それは、石井も同じだった。

これで事件は終わった——そう思った矢先、松田が声を上げた。

「刑事さん。おれは、許されるのか?」

その途端、後藤の顔がみるみる怒りで紅潮していく。

「バカ野郎! 許されるわけねぇだろ! 結果死ななかっただけで、立派な殺人未遂だ!」

後藤の言う通りだ。

松田は、殺意をもって望月利樹を刺したのだ。許されることではない。

「おれは……どうすれば良かったんだ……」

「そんなもん、自分で考えろ」

突き放すように言った後藤だったが、松田を見る目は、温かいものだった。

最後まで、事件に付き合うつもりなのだろう。

石井は、大きく息を吸い込んでから、泣き崩れている優子に目を向けた。

自分たちの仕事は、まだ終わっていない。

石井は、優子に歩み寄った。

八雲によって、事件の真相は明らかになった。だが、そこには大きな問題が横たわ

っている。

現在の日本の警察において、幽霊の存在は認められていない。憑依現象抜きで、事件を説明しなければならない。

それに、ただ犯人が分かればいいというものではない。そこにある、人の心を読み解いて初めて解決といえるだろう。

だから、もう逃げることはしない。最後まで事件に付き合うつもりだ。

「立てますか？」

石井は、優子に声をかけた。

彼女は小さくうなずいてから、ゆっくりと立ち上がった。

「石井。行くぞ」

後藤が、松田を連れて神社の石段を下り始めていた。

「行きましょう」

優子に声をかけ、歩き始めた石井だったが、ふと足を止め、いつわりの樹に目を向けた。

その樹は、ただそこに佇んでいた――。

エピローグ

「ちょっと待ってよ」

神社の石段を下りたところで、晴香はようやく八雲に追いついた。

「モタモタするな」

八雲は、大きなあくびをした。

「どこに行くの？」

「最後の仕上げだ」

八雲は当然のように答えるが、晴香には分からない。

「最後の仕上げって何？」

「君は、とことん能天気だな」

酷い言われようだ。

「ちゃんと説明してくれないと、分からない」

晴香が抗議すると、八雲は深いため息をついた。

「だから能天気なんだ。君は、これで事件が解決したとでも思ってるのか？」

「ち、違うの？」

八雲の言う通り、神社のやり取りで、事件は解決したと思っていた。

「本来の目的は、幽霊に憑かれた、君の友人を救うことだったはずだ」

「あ！」

晴香は、思わず声を上げた。

八雲にバカにされても仕方ないと思う。当初の目的は、麻衣を救うことだった。そういう意味では、八雲の言うように、事件はまだ終わっていない。

「分かったら、さっさと行くぞ」

八雲は、不機嫌そうに言うと、足早に歩き出した。

晴香も、そのあとを追いかける。

「ねぇ、優子さんは、どうなるの？」

病院までの道すがら、晴香は八雲に訊ねた。

八雲の解き明かした真相では、優子は十年前に死んだ由香里の霊にとり憑かれ、恋人である望月利樹を殺害してしまった。

だが、警察は、幽霊の存在など信じないだろう。

「おそらく、殺人の罪に問われることになる」

「そんな……」

晴香は落胆した。彼女は、殺したくて殺したわけじゃない。それなのに、罪に問わ
れなければならない。

何とも、後味が悪い結末だ。

「冷たいようだが、彼女は十年前に、自分の姉を殺害した。そのツケが回ってきたん
だ。今回の事件は、起こるべくして、起きたんだよ」

八雲は、淡々とした口調で言った。

「だけど……」――

「どんな理由であれ、誰かの命を奪うということは、そういうことなんだ」

八雲の放ったひと言が、晴香の胸の奥深くに突き刺さる。

そこからは、言葉をかわすことなく、黙々と歩いた。

いろいろ考えてみたが、麻衣の病室に辿り着いても、晴香は頭の中を整理すること
ができなかった。

「行くぞ」

ぼんやりしている晴香に、八雲が声をかけた。

「うん」

晴香は、大きく息を吸い込み、気持ちを切り替えた。

八雲は、唇を舐めたあと、病室のドアを開けた。

麻衣は、ベッドに横になっていた。

窓が開いていて、カーテンが風に揺れている。

「麻衣」

晴香が声をかけると、麻衣がゆっくりと身体を起こした。

だが、その目を見て、すぐにそれが麻衣でないと分かった。あれは、由香里の目だ。

八雲が、麻衣の傍らに歩み寄る。

「小坂由香里さんですね」

「うぅぅ……」

唸るような声とともに、麻衣が八雲を睨む。

八雲の表情は変わらない。

晴香は、胸の前で祈るように手を握り合わせ、ただ見ていることしかできない。

「妹の優子さんが、十年前、あなたを殺害したことを自供しました」

八雲が語りかけるように言う。

それと同時に、麻衣の表情が変わった。目を見開き、驚いているようだ。

「ごろじだぁ……」

麻衣が、低い声で言いながら、八雲に向かって手を伸ばす。

「あなたが、どうしても、優子さんを殺したいのなら、彼女が出所するのを待たないといけません」

麻衣が、歯軋りをする。

「ぎぃぃ」

「憎しみは、何も生み出しません。これ以上は、もう止めましょう」

八雲が、麻衣の肩に手をかける。

だが、麻衣はそれをすぐに振り払い、憎しみに満ちた目を八雲に向ける。

「ごろずぅぅ……」

麻衣の呼吸が荒くなった。

八雲は、小さく首を左右に振った。

「優子さんは、あなたを殺してしまったことを、後悔しているそうです。ごめんなさい――そう言って泣き崩れていました」

麻衣が、怪訝そうに眉間に皺を寄せる。

八雲は大きく息を吸い込んでから、言葉を続ける。

「あなたも、本当は後悔しているんでしょ。あなたは、妹の優子さんが好きだった。でも、うまく愛情を表現できず、苛めに発展してしまった……」

「私は……」

麻衣が言った。

さっきまでの、獣のような唸りとは違い、はっきりと聞き取れるものだった。

「これ以上、憎しみを抱いても、誰も幸せにはなれません。もう、こんなことは、止めにしませんか？」

八雲は、麻衣の顔を覗き込んだ。

「ごめんなさい……妹に……そう……った……」

言葉を発しながら、麻衣はパタリと倒れた。

「麻衣」

晴香は、慌ててベッドに駆け寄る。

呼吸している。取り敢えずは大丈夫なようだ。

見ると、八雲は遠い目で窓の外を見ていた。

「どうなったの？」

晴香が訊ねると、八雲がふっと肩の力を抜いた。

「逝ったよ」

「そっか」

晴香も、窓の外に目を向けた。

空に浮かぶ雲が、ほんの一瞬だけ、人の顔に見えた。

「晴香……」

声がした。麻衣の声だ。

見ると、ベッドの上の麻衣が、眩（まぶ）しそうにしながらも目を開けていた。

「麻衣！」

晴香は、ほっと胸を撫（な）で下ろす。

いろいろとあったが、今度こそ本当に事件が終わった――。

Yakumo

ILLUST
COLLECTION

イラスト／鈴木康士

デザイン／大原由衣

本書は、二〇一三年七月に小社より刊行された単行本を加筆修正のうえ、文庫化したものです。

心霊探偵八雲
いつわりの樹　ILLUSTRATED EDITION

神永 学　イラスト／鈴木康士

令和4年11月25日　初版発行

発行者●山下直久

発行●株式会社KADOKAWA
〒102-8177　東京都千代田区富士見2-13-3
電話　0570-002-301(ナビダイヤル)

角川文庫 23414

印刷所●株式会社暁印刷
製本所●本間製本株式会社

表紙画●和田三造

●お問い合わせ
https://www.kadokawa.co.jp/（「お問い合わせ」へお進みください）
※内容によっては、お答えできない場合があります。
※サポートは日本国内のみとさせていただきます。
※Japanese text only

角川文庫発刊に際して

第二次世界大戦の敗北は、軍事力の敗北であった以上に、私たちの若い文化力の敗退であった。私たちの文化が戦争に対して如何に無力であり、単なるあだ花に過ぎなかったかを、私たちは身を以て体験し痛感した。西洋近代文化の摂取にとって、明治以後八十年の歳月は決して短かすぎたとは言えない。にもかかわらず、近代文化の伝統を確立し、自由な批判と柔軟な良識に富む文化層として自らを形成することに私たちは失敗して来た。そしてこれは、各層への文化の普及滲透を任務とする出版人の責任でもあった。

一九四五年以来、私たちは再び振出しに戻り、第一歩から踏み出すことを余儀なくされた。これは大きな不幸ではあるが、反面、これまでの混沌・未熟・歪曲の中にあった我が国の文化に秩序と確たる基礎を齎らすためには絶好の機会でもある。角川書店は、このような祖国の文化的危機にあたり、微力をも顧みず再建の礎石たるべき抱負と決意とをもって出発したが、ここに創立以来の念願を果すべく角川文庫を発刊する。これまで刊行されたあらゆる全集叢書文庫類の長所と短所とを検討し、古今東西の不朽の典籍を、良心的編集のもとに、廉価に、そして書架にふさわしい美本として、多くのひとびとに提供しようとする。しかし私たちは徒らに百科全書的な知識のジレッタントを作ることを目的とせず、あくまで祖国の文化に秩序と再建への道を示し、この文庫を角川書店の栄ある事業として、今後永久に継続発展せしめ、学芸と教養との殿堂として大成せんことを期したい。多くの読書子の愛情ある忠言と支持とによって、この希望と抱負とを完遂せしめられんことを願う。

一九四九年五月三日

角　川　源　義